AMANHÃ NÃO TEM NINGUÉM

Flávio Izhaki

AMANHÃ NÃO TEM NINGUÉM

Copyright ©2013 *by* Flávio Izhaki

Direitos desta edição reservados à
EDITORA ROCCO LTDA.
Av. Presidente Wilson, 231 – 8º andar
20030-021 – Rio de Janeiro, RJ
Tel.: (21) 3525-2000 – Fax: (21) 3525-2001
rocco@rocco.com.br
www.rocco.com.br

Printed in Brazil/Impresso no Brasil

Preparação de originais
ROSANA CAIADO

CIP-Brasil. Catalogação na fonte.
Sindicato Nacional dos Editores de Livros, RJ.

I97a	Izhaki, Flávio
	Amanhã não tem ninguém / Flávio Izhaki.
	– Rio de Janeiro: Rocco, 2013.
	ISBN 978-85-325-2846-9
	1. Romance brasileiro. I. Título.
13-1940	CDD – 869.93
	CDU – 821.134.3(81)-3

Para minha mãe, meu pai e Elisa
Para Bá e Anita
Em memória de Samuel e Fátima

"Quando se começa a apertar, não há volta."

– Herta Müller

"Você vai no carro com o seu avô." Bisavô, eu quis dizer, mas o rabino já tinha fechado a porta da Kombi e agora éramos eu, o caixão do meu bisavô e o motorista – um rapaz apenas alguns anos mais velho que defendia sua responsabilidade com um bigode ralo.

Eu abri o vidro do carro fazendo uma força incrível para girar a manivela, a porta gemendo como se fosse desmontar. O rapaz colocou a chave na ignição da Kombi, o motor acordou, espreguiçando-se com um arroto, um barulho assustador, nem um pouco solene. O carro todo tremelicava, minhas bochechas ondulavam. Chamei o rabino e a voz saiu como um soluço engasgado pelo motor da Kombi. "O que eu tenho que fazer?", perguntei. Ele me olhou, impaciente, gelado, e perguntou a minha idade. "Treze", respondi. "Você fez o bar mitzvah, não é?" A pergunta, uma afirmação. Não, a resposta verdadeira. Sim, a esperada, e assenti positivamente, um aceno de cabeça comicamente exagerado pelo tremer do carro. Com o corpo do meu bisavô morto na Kombi, sob o mesmo teto do meu bisavô que trabalhou por 60 anos, rezava todas as sextas e jejuava no Yom Kipur, eu disse que sim, menti.

O rabino fechou os olhos, a pálpebra parecendo ter o peso da minha mentira, e disse, ainda sem abrir os olhos: "Então pense nele, reze por ele."

Um solavanco, o carro começou a andar, o caixão dando leves quiques na parte de trás da Kombi. "Não se preocupe", o motorista, "não vai soltar. O caixão está bem preso." O carro passou pelo portão do Chevra Kadisha e o calor então era absurdo, só me vinham à mente os ternos negros do meu bisavô e a história que a minha avó sempre contava sobre o dia em que ele teve que assumir o negócio do pai, falecido, aos 19 anos, que do trabalho dele dependiam a mãe e ele próprio, sem isso não teriam dinheiro para a comida no mês seguinte. E eu ali, bastava pensar nele, sobre ele, e já morrendo de medo e preocupação em falhar.

O rabino tinha dito: "Pense nele, reze por ele", mas rezar eu não podia, sabia e muito mais não tinha conhecimento sobre aquela pessoa morta cujo corpo, caixão, quicava numa Kombi branca em pleno sol de meio-dia, meu bisavô. Meu contato com ele fora mínimo; ele no Rio, eu em São Paulo. Ele velho, muito velho desde que nasci e nos últimos anos com o corpo desmilinguindo em pele e osso, o olhar apagado pela névoa branca que tirava o viço dos olhos, a boca levemente torta quando falava. Pense nele. Tentei, e minha última lembrança, a primeira que veio, foi do dia em que ele me dera seu canivete gasto, a lâmina enferrujada, alaranjada pelo desuso. Ele me entregou o canivete e eu olhei como se perguntasse: o que vou fazer com isso?, e meu bisavô disse, em seu tom baixíssimo, um sopro quase inaudível, que com ele eu poderia cortar a camisa quando uma pessoa da família morresse, em sinal de luto. Logo arregalei os olhos, pensando que presente mais fúnebre, triste, chato, inútil, mas depois fiquei imaginando quem seria a pessoa da família que poderia morrer. Acho que não agradeci, baixei a cabeça, esperava um presente mais interessante, tive medo que a pessoa que morresse fosse meu pai, minha mãe. Não: definitivamente meu pai, o neto dele. Levantei a cabeça, já pensando em retornar o presente, ele sorria triste, e tossiu – meu bisavô vivia tossindo; talvez minha memória mais forte dele seja essa, ele sempre tossindo, acenando para a minha avó, sua filha, trazer um cinzeiro de prata que ele chamava de minha escarradeira, enquanto a baba pendia entre a boca e a escarradeira, o cinzeiro, num equilíbrio improvável que poderia durar minutos, valsa demorada, dois para lá, um para cá – até que entendi que aquele canivete seria usado para cortar minha roupa justamente no dia da morte dele.

Apalpei meus bolsos, desperto depois de mais uma curva e um rufar do caixão – um lamento? –, em busca do canivete. Nada nos bolsos da calça, procurei na mochila, bolso da frente, e lá estava, mesma forma, o mesmo peso, mas não era. Meu celular. Tinha esquecido o canivete, relegado ao fundo de uma gaveta e logo agora a lembrança, o peso na consciência. Olhei novamente para trás, o corpo do meu bisavô. Em seguida, serpenteando pela avenida Brasil, uma rabiola de carros seguindo a Kombi, primeiro o do meu pai, com minha avó na frente, seu olhar duro, distante.

O motorista perguntou: "Seu avô?" "Bisavô", disse, contente em finalmente conseguir retificar. "Posso fazer outra pergunta?" Respondi que sim, quase agradecendo a ele por me puxar daquele emaranhado de lamentações e culpa: "Por que vocês enterram com caixão fechado?" Vocês, nós judeus. Eu, judeu. Simples, uma pergunta boba, e acho que até sorri, a resposta esgueirando-se entre os caninos; mas ela não saiu, ficou presa, enclausurada, e minha boca fechou-se levando com a demora o sorriso. Vasculhei minhas lembranças, as aulas de judaísmo que não frequentei pela decisão de ignorar o bar mitzvah, com o apoio da minha mãe e a anuência calada do meu pai, descrente, e nada. O silêncio pesando, os segundos correndo mais que a Kombi; o motorista repetiu a pergunta, um tom acima, acreditando que eu não tinha ouvido.

"Por que vocês enterram com caixão fechado?"

"Não sei."
Um fiapo envergonhado de voz. Ele olhou da avenida para os meus olhos, e enxergou a culpa, a vergonha, e novamente para a avenida, em silêncio. Aquela situação não poderia se prolongar mais. "Quanto tempo ainda?", perguntei.
"Quinze minutos."

NÃO TEM NINGUÉM

NATAN e MARLENE

Envelhecer é um processo lento. Dizem. Não concordo. No meu caso foi tudo muito rápido; de repente inválido, ou quase. De uma hora para outra incapaz de levantar o braço mais de 60 graus, atravessar o sinal correndo sem sentir palpitação, ficar na chuva e não pegar resfriado, pneumonia. Ainda ontem era boliche no fim de semana, vai e vem de clientes na relojoaria, eu como dono e único funcionário, viagem de carro nas férias, seis horas dirigindo. Ana como testemunha da minha vitalidade, virilidade, Marlene gritando por atenção no banco de trás.

"Natan, pega a lata de atum no armário", ela me pediu num sábado à tarde.

Tentei esticar o braço, as pernas, mas de repente o joelho cedeu, caí no chão. Ana se assustou, virou-se nervosa, tentou me levantar já perguntando se eu estava bem, se tinha me machucado. Respondi que estava bem, mas as palavras não saíram. Disse que achava que tinha perdido a voz, mas as palavras não saíram. Ana me olhava ansiosa, o rosto contraído. "O seu rosto", ela falou. Não, o seu, pensei, o seu rosto. Mas ela repetiu: "O seu rosto. Tenta mexer a boca." E eu mexi. Mas ele não mexeu. "Tenta mexer", ela repetiu.

E então entendi que não estava mexendo o rosto, a boca, o braço direito, o joelho dobrado, a perna adormecida. Todo um lado do meu corpo paralisado, incapaz. Subitamente meu corpo já não me pertencia.

Lembro de cada esgar em sua boca ligando para a ambulância, das palavras explicando como eu estava, da paralisia. Ficou em silêncio alguns segundos, escutando, depois colocou a mão tampando o bocal, não sei bem por que, e perguntou se eu estava entendendo a situação: "A ambulância já vem, meu amor." E ela nunca me chamava de amor. Não respondi, assenti com a cabeça, com os olhos. Ela sorriu, e se permitiu derramar a primeira lágrima, pesada, caudalosa: "Ele fez com os olhos que entende o que aconteceu. Ok. Rápido, por favor."

Ela sentou comigo no chão da cozinha: "Tá gelado", disse. Eu não sentia nada. Abraçou-me e puxou minha cabeça para o seu colo, acariciando meu rosto, o lado direito do meu rosto, e o que sentia era uma memória de contato físico, a saudade de um formigamento que não existia, um silêncio entre peles.

A ambulância não demorou. A humilhação de sair do edifício numa maca, as pessoas na rua se aproximando, curiosidade. Meus olhos procurando contato, falar pela boca, explicar quem eu era, o que estava sentindo, não sentindo. As portas da ambulância se fecharam e olhei para Ana. Ela segurava minha mão. O tempo todo segurando um membro morto, eu não sentia nada, uma carne inválida, esvaída de toda sua força. "Vai dar tudo certo, meu amor", novamente amor, pensei. Tentei sorrir, confortá-la. Mas lembrei que não conseguia. E as lágrimas dela continuavam, não mais tímidas, solitárias, mas acompanhadas pelo fungar do nariz – bastava que Ana chorasse para que o seu nariz entupisse. "Não chora, meu amor", ela disse e limpou as minhas lágrimas, e assim soube que eu também chorava, involuntariamente.

O ESPELHO SEMPRE NEGOU minha idade verdadeira. Refletido ali, em tantos ali quanto possível, fui muitos, mas todos sem idade. Não foi também sabedoria acumulada, desencanto, fios de cabelo ou caspa nos ombros do paletó que me tirou desse limbo etário. Foi o corpo. O corpo é como engrenagem de um relógio: de repente esgarça. Comigo foi um AVC. Antes dele eu não tinha idade. A mesma rotina desde os 19; muito novo para aquele cotidiano, muito velho para o mesmo agora, com mais de 80. Quem disse? O corpo. Por anos, décadas, me considerei um sem-idade. Nada aconteceu no tempo normal para mim. Desde cedo demais, de casa para o trabalho, do trabalho para casa. Desde cedo demais sem tempo para qualquer coisa que não a realidade de clientes e seus relógios, minha mulher e suas reprovações veladas, a infelicidade de nós dois que eu não percebia e ela não sabia externar, ou Marlene e sua velhice precoce aos 10, 20, 30, 40, Marlene sempre sóbria e pesada além de sua idade. Relojoeiro por toda a vida, vida ligada ao tempo, qualquer outra realidade, impossível.

 Até o AVC. Tive meu relojoeiro. Minha esposa. Não foi um conserto fácil, do dia para a noite. O tempo, novamente, um punhado dele. Peça quebrada, encomendada, recebida, a operação lenta de colocar novamente o relógio em funcionamento. Qual o sentido de um relógio que não marca as horas? Ou de um homem incapaz de viver por sua própria energia, bateria?

E então um dia, tempo, tarda mas chega, o relógio está pronto, um belo trabalho, funciona quase perfeitamente, não atrasa, até uma ou outra melhoria pode ser sentida, o tampo de vidro trocado, a dieta balanceada, o botão de acertar a data reluzindo, novo guarda-roupa, não mais o pesado terno negro do meu pai, mas.

Minha esposa adoeceu, morreu. Rápido. Tempo, novamente. Ninguém para buscar o relógio, e no primeiro dia, quando o dono não vem, quando voltei do enterro, o relógio permaneceu ainda em cima do balcão, o lado da cama intocado, a mesa posta sem querer para duas pessoas, depois, e é difícil precisar quantos dias, meses, anos, depois, tempo, sempre, o relógio vai para a gaveta, a primeira ainda, ao alcance da mão, da memória, mas uma gaveta, a distância de uma gaveta fechada, e as fotos dos porta-retratos são trocadas, tira esse sorriso dos lábios, mulher, que não aguento mais, e um dia alguém deixa um novo relógio para consertar, um velho relógio para manutenção, e você, eu, abro a gaveta e encontro o relógio, eu, minha filha me convida para morar com ela pela enésima vez, dois viúvos, e então você, eu, digo não, mas, tempo, um dia, relógios não marcam só horas, eu aceito ficar para dormir, fecho a loja para sempre, e só me resta esperar. Tempo: quanto?

Parece que envelheço em semanas, não em horas. Os dias passam rápido nesse marasmo em que o calendário perdeu todo o sentido. O porteiro me cumprimentou com quatro dentes a mais nessa manhã, entregou a correspondência em mãos. Então soube que estávamos em dezembro, o livro de ouro aberto na mesa da portaria, ao lado da central de interfone. Ignorei. Retribuí apenas com o obrigado habitual, bom-dia. "Fique com Deus, seu Natan", ele fez questão de falar. Cada vez que ouço Deus saltar da boca de uma pessoa que não parou para pensar na existência Dele por mais de cinco minutos na vida, fico irritado. Hoje em dia Deus e Jesus são sinônimos, e é impossível pagar um táxi, dar uma esmola, ou se despedir da faxineira sem que uma dessas entidades abstratas invada seus ouvidos. Dizem Deus, Jesus, como poderiam dizer Meu Amo, Senhor, Alah, Adonai. Falam Deus o abençoe e acreditam que têm esse poder, evocar a piedade de um ser supremo para uma pessoa que lhe fez um pequeno favor.

Ana era religiosa, ainda mais depois da doença, das doenças, e combati esse fanatismo silenciosamente dentro da minha própria casa durante nossos 46 anos de casamento. Antes, sempre, judia, no final, inexplicavelmente, católica. Na mesma frase em que me contou que estava com câncer nos pulmões acrescentou que Deus sabia o que estava fazendo, e aquilo me irritou tanto que, em vez de confortá-la, gritei para ela esquecer aquela merda de Deus.

Esperei que ela chorasse, respondesse, mas. Nada. Os olhos se diluindo em piedade, as lágrimas represadas não desceram, e ela ergueu a cabeça, segurou minhas mãos e me pediu calma. Calma, pensei, mas você tem câncer! Continuou, como se tivesse me ouvido:

"Eu estou em paz. Nunca me senti tão em paz, Natan."

E nos olhos negros dela, absurdamente brilhantes com aquela poça d'água que não desabava, eu via que ela estava mesmo em paz, calma, obscenamente calma. Mas Ana não estava apenas com câncer, estava esquecida, e aquela felicidade imunda que ela encenava só me apontava que, quando o câncer chegou, Ana já não era ela mesma. Ela me puxou para um abraço e finalmente chorei, por nós dois. Ana me reconfortou, puxando minha cabeça para o seu ombro, a mão espalmada na minha nuca:

"Ficaremos bem."

Mamãe morreu maluca. A doença progressiva, inapelável. Os primeiros sinais de Alzheimer vieram quatro anos depois do AVC do papai. Quando ele finalmente parecia recuperado, os movimentos do lado direito do corpo, a fala, mesmo a fala pouco utilizada do papai, audível em seu tom baixo, baixíssimo, a relojoaria funcionando, as dívidas pagas, só então mamãe desabou. Quando o marido ficou bom, ela fraquejou, e então a doença, as doenças acumuladas pelo hiato de quatro anos. Antes, a conversão, que papai nunca perdoou. Mamãe católica. Mamãe batizada aos 62 anos, mamãe carola, agora enterrada em cemitério católico.

Um dia perguntei para mamãe por que meu nome era Marlene, tão antijudaico. Ela desconversou. Eu tinha 8 anos e era fácil desconversar, mas percebi. Fui a papai, com 11, a coragem reunida por três anos: "Pai, na minha escola sou a única Marlene. Por que me deram esse nome?" Mas papai não titubeou. Tinha a resposta pronta, e falou, passando a mão na minha cabeça, professoral: "Você nasceu durante a Guerra, minha filha, achamos melhor que tivesse um nome mais assimilado, brasileiro. E Marlene vem de Madalena, que é um nome judaico."

Acreditei.

Não que a resposta revelada carregasse orgulho. Nunca a repeti para ninguém. Preferiria um nome que soasse judaico, gostava das minhas raízes, das rezas do shabat, dos feriados religiosos, de saber falar línguas que ninguém mais conhecia no prédio. Para quem me perguntava, e de tempo em tempo alguém perguntava, dissimulei.

Mamãe esquecia as coisas, depois os atos. Quando começou a esquecer também algumas pessoas, ainda as mais distantes, o médico pediu um exame completo para saber a extensão do problema.

Foi aí que descobrimos o câncer.

Pulmão.

Mamãe sempre fumou. Tinha cinzeiros em cada cômodo.

Nos últimos dias, internada, eu já nem podia chegar perto dela. Mamãe me repelia, chamava de estranha, renegava. Meu pai, arrasado, desdobrava-se para ampará-la. Ele e Afonso cuidaram de tudo. Papai sabia que mamãe ia morrer, os médicos disseram, e ele perguntou: "Você quer se despedir, Marlene?" Falei que sim, e fui, enquanto ele corria desesperado atrás de um padre, último desejo dela.

Mamãe fraca, pele e osso, os olhos fechados, as pálpebras trêmulas, os remédios dopando-a, tentando evitar um fim tão pesado quanto se anunciava. Ela acordou, parecia emergir de um transe, suspiro profundo, quase engasgo, última força. Olhou para mim, não o seu olhar natural, mamãe já não era a mesma pessoa. Ela olhou para o meu rosto e começou a gritar. Gritar: Gritar: medo em seu rosto, desespero.

Mas nenhuma voz saía de sua garganta, nenhum ruído, só um grito munchiano, um grito de silêncio propagando desespero pelo vácuo, o som, a falta de som se multiplicando pelo quarto, pelo hospital, pela cidade.

Mamãe morreu gritando.

Para mim.

Ou de mim?

Nunca contei a ninguém. Sabia-a morta, quase desejava que ela realmente estivesse morta. Fechei seus olhos, sua boca ainda quente, apenas o calor saindo de lá, não mais o grito em silêncio, só calor e mau hálito. Tinha certeza, mas preferi chamar as enfermeiras, o médico; apertei o botão de emergência, eles vieram, rápidos, sabiam-na terminal, entraram no quarto quase correndo, perguntaram alguma coisa que já não me lembro, respondi um balbuciar qualquer e saí.

Encostei-me no corredor e esperei. Não demorou muito. Ou demorou e foi o tempo de eu ficar mais calma, ter breve vontade de fumar um cigarro, desejo de ser fumante, mamãe morta por causa de um câncer no pulmão e eu pensando justamente em fumar uma porra de um cigarro.

"Ela faleceu", disse um dos médicos. Novinho. Poderia ser Nicolas ali. Tinha uns 25 anos, um pouco mais velho do que meu filho que já estava na faculdade de Medicina. "Você quer se despedir?" A mesma pergunta, o tempo voltando, segunda chance. Dessa vez balancei a cabeça negativamente. "Daqui a pouco a assistente social chegará para falar dos procedimentos do enterro." A receita decorada, o tom de voz na modulação exata, um conforto de manual aos familiares. Fiz que sim com a cabeça. Nicolas ia se afastando, o médico ia se afastando, quando gritei: "Doutor." Ele virou-se. Esperou que eu lhe dissesse algo, mas eu não sabia o que falar para ele.

E ainda o silêncio.

E ele: "A senhora quer que eu lhe acompanhe até a lanchonete?" E eu: "Meu pai deve estar chegando. Ele vai querer se despedir da minha mãe."

E o médico: "Vamos sentar perto do elevador. Tem um sofá lá."

E eu:

Mas papai chegou, sem o padre, com raiva do padre, quase xingando o padre. Viu-me daquele jeito, devastada, num mutismo de quem não tem voz para gritar, e me abraçou, meu pai que não era de toques, carinhos, me abraçou. Não precisei lhe contar nada, ninguém precisaria, mas o médico disse assim mesmo: "Sua esposa faleceu, sinto muito." A voz pausada, treinada, uma das mãos espalmada no meu ombro e a outra no do meu pai.

"Quero vê-la", disse meu pai. O médico o acompanhou. Fiquei no corredor. Não mais a vontade de fumar. Precisava descer para telefonar do orelhão para Afonso, para os meninos. Marquinhos era novo demais, não precisava ir ao enterro, decidi.

Voltaram do quarto, o médico repetiu sua rotina, um sinto muito com a mão espalmada no ombro do papai, um sinto muito com a mão espalmada no meu ombro, mão pequena, dedos de criança, unhas aparadas, nenhum pelo fugindo do jaleco branco.

Papai me abraçou, forte. Não chorava. Eu também não chorava. Jamais perguntou se vi mamãe morrer, como tinha sido. Pelo contrário, bloqueou o assunto pelo resto da vida. Dali em diante o único comentário que faria era de que mamãe morreu com cara boa, de olhos fechados, boca relaxada, vislumbre de um sono tranquilo.

Uma maquiagem que eu fiz.

POR ANOS ACORDAR MAIS TARDE foi meu grande sonho. Todos os dias de pé às seis e meia, banho gelado para despertar, Ana levantava para preparar o café, mas não ficava para conversar, voltava para a cama, e às sete e quinze, pontualmente, um minuto ou dois atrasado ou adiantado, eu saía para trabalhar. Quando me aposentar, pensava, não farei mais a barba todas as noites, antes de dormir. De dois em dois dias ou de três em três.

Aposentei-me depois de Ana morta, e ao invés de acordar mais tarde, fui levantando cada vez mais cedo. A barba não crescia tanto, tão rápido, percebi, e os dois dias, três, poderiam ser cinco, uma semana. Ninguém reclamava, percebia, ou se incomodava. Os antigos clientes da relojoaria eram agora apenas desconhecidos com quem eu não esbarrava quando saía à rua.

Ana morreu no hospital, sofrendo sem gritar, constantemente enjoada, remédios de quatro em quatro horas, fora a medicação intravenosa, os cabelos ainda curtos depois do fracasso da quimio, acreditando em Deus, no céu, na ressurreição, nas preces que o padre fez ao pé da nossa cama na última semana em que ainda era possível ficar em casa. No hospital pediu pelo padre, e eu fui à igreja pela primeira vez na vida chamá-lo. Ele disse que não podia, tinha um batizado. Apenas no dia seguinte. Precisava ganhar fiéis, concluí, e não ver um morrer – mesmo que, nos preceitos da Igreja Católica, o que vem depois seja muito melhor do que o que temos aqui. "Posso amanhã à tarde", ele disse, "depois da sesta." "Será tarde", respondi, sabia, e Ana morreu no mesmo dia, depois do almoço. Talvez Deus, como o padre, estivesse dormindo naquele momento.

Ele apareceu no enterro, mediante pagamento. Fui contra, mas Marlene disse que não poderíamos ir contra o último desejo da mãe, e arranjou tudo, espaço no cemitério católico, cheque a ser descontado. "Sem cruzar, por favor." Ela agora está com Deus, descansa em paz, blá-blá-blá. Da boca do padre saíam palavras vazias sobre amor fraternal, céu, paz, que Dona Ana tinha encontrado o caminho. Eu sentia mais calor do que conseguia sentir tristeza, e isso me incomodava, realizar aquela falta era menor do que o suor empapado na minha testa de velho. O calor ondulante daquele descampado no meio de uma favela que crescia circulando o terreno do cemitério, as casas de tijolo avançando por sobre os muros, uma laje com um varal improvisado e uma menina de uns 12, 13 anos pendurando calcinhas e cuecas molhadas, escutando samba no rádio de pilha, enquanto o caixão descia rápido demais e esbarrava na borda da sepultura de terra, e do barulho seco um eco de silêncio constrangedor, um padre rezando por uma judia recém-convertida e uma pré-adolescente dançando pornograficamente ao fundo.

Li no jornal que as mulheres falam em média 13 mil palavras diárias e os homens sete mil. São quase oito da noite e me lembro de cada frase que disse hoje. Foram 145 palavras. Pela manhã ligaram de um banco, oferecendo uma promoção, e nisso falei trinta e duas. Logo depois, engano, oito: "Não mora ninguém com esse nome. Foi engano." Cumprimentando o porteiro, duas – "Boa-tarde!" –, se é que esta vale como duas ou é uma expressão. No restaurante a quilo não falei nenhuma. Peguei a comida de recipientes aquecidos e o chá da geladeira. Ia cumprimentar a moça do caixa, mas ela gritou: "CAIXA LIVRE" – tão alto que engoli minhas duas palavras extras. No banco foram 50, isso porque nunca aprendi a usar o caixa eletrônico.

Na volta, o porteiro me entregou o jornal e uma propaganda de drogaria; agradeci com três palavras – "Muito obrigado, Pedro" –, e um sorriso. Mas aí não conta. Há pouco cantarolei um refrão do Sinatra que tocou no rádio, e essa foi a parte mais difícil de contar. Tive que procurar o CD que tenho. Não lembrava a parte que tinha cantado. Errei também algumas palavras, inventei outras, e no final arredondei para 50 para poder fechar a conta.

Quando Ana estava viva era diferente. Não que eu falasse sete mil todos os dias. Na relojoaria falava bem mais. Desde sempre apenas eu na loja, consertando e vendendo relógios, atendendo aos clientes, pedindo peças para os fornecedores, depositando dinheiro e cheques no caixa do banco no horário de almoço. Acho que com alguma boa vontade talvez chegasse a duas mil e quinhentas nos feriados e fins de semana. Em casa nunca fomos de muitas palavras, a televisão por testemunha, o rádio, companhia, os gestos significando cada vez mais com o passar dos anos. Para Ana, falar somente o indispensável, e só abria exceção ao telefone, mas era o caso de falar ou de não ser compreendida.

No final, eu queria ter dito algumas coisas para ela, mas as palavras não saíam. Como na vez em que vi alguns tufos de cabelo grudados na escova. Queria falar que a amava, dar um abraço. Não consegui. Passei por ela na sala, fui até a cozinha e voltei com um suco de uva, que ela tanto gostava. Entreguei-lhe com um sorriso de piedade, que ela rechaçou. Não com palavras, claro. Mas não bebeu. À noite confessou que estava enjoada. Novamente seria a deixa para eu falar alguma coisa. Perguntei se ela queria que ligasse para o médico. "Não", ela respondeu. Queria apenas um abraço, um carinho. Como ela não disse, nada fiz.

Nunca quis saber a história da minha família. Meu pai chegou ao Brasil no início do século XX, com 20 e poucos anos. E isto é tudo que sei. Por que veio, não sei. Nunca tive curiosidade para perguntar. Ou talvez tenha tido essa curiosidade tarde demais, papai morreu cedo demais, eu jovem demais quando assumi a vida dele, o trabalho na relojoaria, único jeito de ganhar a vida. Quando percebi já era ele. Meu pai morreu aos 45 e eu com 19, filho único, precisava trabalhar para sustentar minha mãe e no ano seguinte, já casado, também Ana. Trabalhar era debruçar em relógios, encomendar peças, pagar o aluguel da lojinha, sair da Tijuca às seis e meia da manhã, pegar dois bondes e chegar à relojoaria na Senhor dos Passos às oito em ponto. Sempre vivi preso ao relógio. Todos os dias, menos sábados e domingos.

Assumir a vida dele era sorrir timidamente para a clientela, usar ternos escuros, caminhar de cabeça baixa. Eu fiz tudo isso, foi tudo tão natural. Com 19 anos eu era papai, a vida inteira pela frente não queria dizer mais nada. Meu destino traçado desde então. E cumprido.

Minha mãe falava que ser relojoeiro era um excelente negócio. Relógios serão relógios para sempre, e graças a D'us sempre estragam, e também graças a Ele as pessoas sempre têm carinho por relógios e não compram outro, querem consertá-los. "E se comprarem, que seja conosco", ela falava, sorrindo, mas séria, educativa. E a melhor coisa, mamãe me disse, cochichando: "Relógios são fáceis de consertar, qualquer um, até você, pode ganhar a vida assim."

Mamãe estava certa. Consertar relógios sempre foi fácil. É um dos mecanismos de mais simples engenharia. Uma criança mais espertinha de 8 anos poderia fazer o serviço, eu com 19, 78, ao me aposentar. Geralmente os problemas se resumem a uma peça que esgarça ou que se solta pelo contato brusco do relógio com alguma superfície, ou à bateria que finda. Com as ferramentas certas, encomendando peças novas, sorrindo e prometendo consertar o estimado relógio que está na família há tanto tempo, o precioso presente do pai, marido, esposa, era possível ganhar a vida sem muito suor. Desde que também se vendam uns relógios novos e caros de vez em quando.

Talvez eu tenha um talento que sempre me facilitou o labor, talvez não. Mas passei quase 60 anos consertando relógios e nunca falhei. Poucas vezes aconselhei que o dono desistisse, mas eram casos de relógios vagabundos, em que a peça nova sairia mais cara que um novo. Minha sinceridade e competência me mantiveram no negócio até hoje-ontem, numa época em que quase ninguém manda consertar relógios. Quando me aposentei e entreguei a lojinha alugada, o mundo já aposentara a minha profissão, a profissão do meu pai.

QUASE DUAS DA MANHÃ. O sono intermitente. Não sei se estava acordado ou dormindo, ninguém ao meu lado para perguntar. Levanto da cama, os olhos borrando o quarto, o corpo fazendo carga nos joelhos, equilíbrio é palavra sem significado depois de certa idade, certas doenças. Olho pela janela com a esperança de que seja ela quem chega ao carro que barulha na porta do prédio. Bobagem, Ana nunca dirigiu ou teve costume de sair sem mim à noite. Afasto a cortina apenas o suficiente para espiar o rapaz que salta do táxi, guarda o troco no bolso de trás da calça jeans e espera que o porteiro lhe abra a porta.

Afasto-me da janela. Sento na cama. Deito. Demoro a fazer cada movimento. Sou todo demora agora. De primeira, a perna não atende ao comando do cérebro, os joelhos doem, sempre, em pé mais do que sentado ou deitado. Olhos abertos. No teto, o ventilador de madeira, imóvel, despenca sua pele-verniz. Quantas vezes virei de um lado para o outro da cama buscando a memória de sua companhia?

Levanto novamente, com custo: sede, urina, barulho? Nada disso. Sei que levanto para expulsar da mente a imagem de Ana e meu afeto por ela. Quantifico sentimento, sim. Afeto é diferente de amor, mas também chama por saudade. Tentar colocar meu corpo de pé exige tudo de mim, não resta espaço para devaneios. Olho pela janela, rosto colado no vidro, nem quente nem gelado, procurando através de sua lente encontrar Ana despontando na esquina. Deito novamente na cama, devagar, mãos apoiadas primeiro, depois deixar o peso do corpo derramar-se sobre o colchão. Caio torto, mas não importa, a cama grande, latifúndio improdutivo. Desta vez fecho os olhos. Com força. Ana sempre tinha o mesmo pesadelo, logo que dormia, pensamento inaugural do sono. Sonhava que eu a deixava. As formas variadas, iguais: eu revelava que tinha outra família, depois ia embora, morria; dizia que não a amava mais, ia embora, morria; a pedia em casamento no ponto mais alto de uma roda-gigante, ia embora, morria.

Ana acordava chorando, eu já de olhos abertos, vigília premeditada. Ela ensejava dizer alguma coisa, eu a abraçava, abortando qualquer tentativa. Mesmo assim sempre me contava o sonho, pesadelo, com detalhes, e no final reforçava, resumindo: "Você me deixava, morria."

Um mosquito zumbiu no meu ouvido. Estalei minhas palmas na direção do barulho. Insucesso. O som persistiu e eu abri os olhos, acendi o abajur. O quarto é um silêncio de paredes brancas e porta-retratos nas mesas de cabeceira. Ana testemunha calada, sorriso eternamente congelado, uma felicidade agora totalmente despropositada. Numa foto está vestida de noiva, mas não é a minha preferida. A que mais gosto é dela um pouco mais velha, no dia em que trouxemos Marlene, mas na foto só Ana aparece, não olha para a câmera ou para mim, o fotógrafo, olhava para a filha, um bebê já gorducho, dormindo no berço.

O mosquito sumiu. Olho para o lado, o travesseiro dela intocado, intocável, os lençóis não desfeitos, o edredom no lugar, as três almofadas que Ana usava no final sem marca de uso, peso. A Ana do final da vida vai se apagando, a não ser nesses detalhes. Lembro dela mais jovem, quase bonita, judia. É com essa Ana que casei e continuo casado, mesmo depois de sua morte.

Decido ligar o ventilador para encontrar o mosquito, e é claro que com isso quero ganhar tempo, mesmo perdendo. As duas mãos apoiadas na cama, as pernas fincadas no chão, levantar, pôr-se de pé, caminhar, esquerda, direita, esquerda, direita, esquerda, os primeiros passos ainda pedindo ajuda do cérebro, depois não. O ventilador agora rodando, muito barulho, suas pás fazendo um movimento que não é o de 360 graus, algo como 390, descendo um tanto mais, mergulhando justamente no lado intocado da cama.

Não escuto ou vejo o mosquito, desligo o ventilador. Ele parece agradecer, zumbindo de maneira diferente, quase como se colocasse a língua para fora e ofegasse depois de um pique curto. Já passou da idade, passamos.

Fecho a porta do quarto, e no espelho vejo em minha testa uma marca vermelha, a memória da mordida do mosquito, uma pontinha de sangue extirpado. Ainda me faz companhia, de um modo. Ana também, mas foi embora, morreu.

Quando Ana descobriu que estava grávida, eu não estava em casa. A menstruação atrasada, o sonho possível, a certeza de felicidade se esgueirando, ela não esperou que eu chegasse do trabalho para sorrir, gritar, sorrir, chorar, sorrir. Grávida como sempre fora seu sonho, tentamos desde o início. Ficou grávida mas não me contou, preferiu engolir os sorrisos por uma semana, a consulta no ginecologista marcada, os testes requisitados. No entanto, falou para a mãe, para a irmã, e acabei sabendo da gravidez antes de ela me contar. Hoje, entendo que ela talvez estivesse certa em me proteger, se proteger de uma eventual desilusão com o rebate falso. Contar para o marido, pai, que está grávida, grávida de um filho dele, já é dar à luz antes da hora, e isso costuma dar azar quando feito sem a confirmação oficial, redundância necessária.

    A intenção poderia ser nobre, mas a briga que se seguiu não foi. Ao descobrir que minha mulher, Ana, estava grávida pela boca, sorriso alheio, recebi a notícia como traição. Ela estava sentada no sofá, grávida sem barriga, e desmontei seus olhos em lágrimas com um grito, discussão. Ela defendeu-se, tentou, contou os motivos que já descrevi. Na hora eu nada escutava, um fio de alta tensão que se arrebenta da fiação e chicoteia eletricidade, desgovernado, rindo, chorando, berrando, correndo pela sala, quarto, cozinha, batendo em armários e chutando almofadas.

Ana jamais virou para mim com os olhos negros declamando sua gravidez. Seu sorriso no momento exato da confirmação, ainda a extraoficial, resta definitivamente esquecido em um depósito de purezas perdidas. A que nunca tive ou terei acesso.

Perdemos o bebê no terceiro mês, depois no segundo, no terceiro novamente. Na quarta gravidez, já sem sorrisos, autômatos como um passarinho que bate continuamente a cabeça num vidro que não vê enquanto a vida ainda lhe faça bater as asas, o feto sobreviveu, virou bebê. No quinto mês, Ana e eu ousamos comprar o enxoval. Sapatinhos azuis e rosa, roupinhas verdes e vermelhas, berço, brinquedinhos. No sexto mês, o bebê já tinha nome, Davi se fosse um menino e Cláudia, Cacau, se menina, o docinho do papai.

No sétimo mês morreu, morremos também, Ana e eu, ela agora já enterrada, eu soterrado em memórias e silêncios que sucedem a vida. Marlene, nossa filha, preparando o jantar na cozinha.

Papai morava comigo. Éramos dois fantasmas num apartamento de fundos que via pouca luz do dia, três quartos, poucas vozes. A televisão ligada sempre no volume máximo, Globo News, papai depois de velho fingia ser jornalista. "A Bolsa caiu hoje." Assunto estúpido, eu pensava, o assunto mais longe da realidade possível, impossível de ser retrucado. Mas seu Natan escolhia puxar esse assunto no jantar, sopa a maioria das vezes, ou purê de batata, os dentes dele estragados, a teimosia em não querer usar a dentadura encomendada pelo neto, paga pelo neto. "A Bolsa caiu hoje", repetiu. Alzheimer. Mamãe morrera com Alzheimer e eu pensava que era questão de dias até que papai, sempre esquecido, preso no seu mundo interior de rigidez, desse sinal da doença. "Pega um copo d'água, minha filha", ele pediu, e o copo d'água do lado dele, em cima da mesa, e apontei com os olhos e dedos, olha o copo aí, papai, mas sem falar, e ele limpou os olhos com as costas da mão, pegou o copo, bebeu e voltou a falar na Bolsa. Alzheimer.

Nunca vi meu pai chorando, nem depois de velho. Quando mamãe morreu, cedo, aos 64 anos, quase minha idade atual, cedo demais, meu pai não chorou. Por um tempo ainda trabalhou na loja de oito às sete, até as cinco às sextas, como se nada tivesse acontecido. Afonso já morrera, Nicolas em São Paulo, Marquinhos em Israel. Ia almoçar todos os dias lá em casa, me fazer companhia, "Você fica muito sozinha sem os meninos e Afonso", dizia. Mas o nome de Afonso ele não falava, mencionava apenas os meninos, o ponto final com a frase incompleta. Um dia disse, com o mesmo tom de voz que falou que "A Bolsa caiu hoje", que ia se aposentar.

"Vou vender a loja."

Na época ainda comia de tudo, menos carne vermelha, porque lhe dava azia, e sempre falava isso repetindo a entonação e o gestual, a mão enorme repousando sobre o estômago, o esgar da boca, o lado esquerdo do rosto esboçando a careta com que o direito convivia diariamente.

Papai veio morar comigo muito depois, relutou até quando pôde, "Deixar meu apartamento...", repetia, a frase com reticências de uns vinte pontinhos, pausa de segundos. "Não quero." Pedia desculpas mas não podia aceitar o convite. Porém já almoçava e jantava aqui, passava o dia cochilando no quarto de hóspedes. Não deixava o apartamento porque aquele dois quartos na Tijuca fora tudo que conseguira juntar trabalhando por 60 anos. Sem a mulher e o trabalho, sair do apartamento seria assumir o fim da vida. Pensar sobre a vida.

Um dia, cinco anos depois, como falou "A Bolsa caiu hoje" ou "Vou vender a loja", disse "Vou aceitar a sobremesa." Levantei-me e fui pegar a compota de pêssego na geladeira. Quando estava de costas, ele disse, no mesmo tom de voz, como se tivesse decidido naquela hora: "Vou aceitar seu convite."

Falou com vergonha.

Quando voltei à mesa trazendo a compota, o prato e os talheres, ele tinha os olhos baixos. Não precisei responder nada, combinar coisa alguma. Ele mesmo tratou da mudança como quem cumpre seu último trabalho. Colocou o apartamento para vender, cuidou dos papéis, chamou o caminhão e um dia disse, depois do jantar: "Já vou me deitar." Reticências. "Boa-noite, filha."

ÀS VEZES TENHO UNS PENSAMENTOS de velho: avaliar toda a vida numa tarde. Tenho tempo demais agora que me resta pouco tempo, depois da aposentadoria, mulher morta, filha também viúva que lava, passa e cozinha. Para mim faltam interesses, e os dias são divididos entre comida, remédios e sono. O pior é que já não durmo bem, apenas cochilo, seguidas e rápidas vezes, e comer também não chega a ser um prazer, os dentes podres, a dentadura apertada demais, só uso para sair, e mesmo assim é mais um trabalho que uma facilidade, colocar no copo com Corega, escovar, limpar; o almoço dá azia, a janta não cai bem, o café da manhã tem digestão lenta.

Resta tanto tempo, mesmo com o desfecho próximo, que às vezes tenho pensamentos de velho. Sempre soube que Ana seria a mulher da minha vida, naquela época não havia outra alternativa, a mulher com que o sujeito casava era inapelavelmente a mulher de sua vida. Mas nunca dei muita atenção ao tamanho do amor que eu tinha por ela. Se falar que nos beijávamos o tempo todo, mentiria. Nunca fomos de beijo. Se falar que nosso desejo um pelo outro era grande, exageraria. Quando casamos e queríamos nosso filho, antes de Marlene, fazíamos o nosso papel, sim. Mas depois das sucessivas gestações sem nascimento, menos, muito menos, quase nunca. Ana não reclamava, eu não pedia.

Com o tempo começamos a falar muito menos também, nossas conversas eram as conversas sobre Marlene, ou sobre Marlene e a relojoaria, ou sobre Marlene e a conversão tardia de Ana ao catolicismo. Mentira, disso não conversávamos. Eram brigas, apenas.

Nunca entendi. Judia por 62 anos, mãe judia em mais da metade desse tempo, e então: "Fui à igreja hoje." E então: "Me confessei essa tarde." E então: "Vem comigo." E quando não: "Vou ser batizada. Não peço que vá."

Não fui. Nem Marlene e o marido. Nem os netos. Ela voltou sorrindo. Domingo. Não falou nada, não precisava. Foi direto para o quarto, trocou de roupa, foi para a cozinha, colocou o avental, cortou cebola, picou alho, lavou o arroz, refogou, salgou, cobriu com água e a tampa da panela, deixando uma brecha para o vapor sair, tirou da geladeira a salada do dia anterior, o peixe do shabat, e então: "A comida está pronta", mas eu no umbral da porta, olhando, ela cega, sorrindo, leve, eu com uma inveja daquela leveza, com raiva, ciúmes, ela, surpresa. "Você está aí? Me ajuda a colocar a mesa?" Eu espumando, minha esposa convertida, batizada, mas não reagi, fingi ignorar aquela paz suja que os lábios dela traziam, aquela traição em vida. "Vamos comer?" Ela já sentada, os pratos na mesa, o suco gelado de caixinha, os talheres alinhados. Sentei, sentamos, frente a frente. Ela fechou os olhos, rezou uma Ave-maria e sorriu: "Quer que faça seu prato?"

O RELÓGIO NUNCA PODE ANDAR para trás, nem que eu queira. Consertar relógios sempre foi adiantá-los, dar mais uma volta no ponteiro até chegar à hora certa. Mesmo que para isso seja preciso girar o ponteiro quase 12 horas. Voltar um minuto no relógio de corda é impossível. Falei isso para um cliente, explicando a demora do conserto, e foi o que chamam de clique. Fechei a loja 25 minutos mais cedo e tudo. Adiantei o relógio e fui para casa.

Ana estava de costas, no fogão, e disse sem virar-se: "O jantar ainda não está pronto, você chegou mais cedo", e no tom de voz a tristeza desvelada, o quinto aborto, ferida ainda cicatrizando, mesmo um mês passado é pouco tempo, a mesma ferida, o mesmo local.

Eu não disse oi, boa-noite, o que teremos para jantar. A frase saiu engasgada, presa na garganta do trabalho para casa, a frase que explicava tudo, a ideia que eu considerava genial, o óbvio finalmente revelado: "Consertar relógios sempre é adiantá-los."

E então o silêncio. Os pratos na mesa, dois, talheres, dois garfos, duas facas, cadeiras, duas, copos, dois. Eu e Ana, e na barriga dela o vazio e não mais o desequilíbrio desejado.

E ao ganhar peso, minha voz, a frase parecia boba, esvaziada, sem sentido, Ana sequer virou-se. Tampou a panela, desligou o fogão: "O jantar está pronto."

No arranhar de voz o choro do dia inteiro, solitário, e eu agora chegava em casa e falava aquela frase, o filho morto, o quinto, não nascido, a vida não tinha explicação, e eu querendo explicar tudo com uma frase sobre relógios, um provérbio de relojoeiro. Ana não falou nada, pegou um dos pratos, o meu, e começou a preparar, arroz, e não perguntou se eu queria arroz, feijão, e não perguntou se eu queria feijão, ou se o meu feijão era por cima ou por baixo do arroz, ela sabia o que eu queria, o que gostava, como gostava, batata cozida e bife de panela.

Acuado, disse a frase novamente: "Consertar relógios sempre é adiantá-los."

Dessa vez num tom diferente, acima, a frase realmente parecendo um provérbio de relojoeiro, daquelas que se entalha numa placa de madeira, desenha-se um relógio colorido nela e pendura no fundo da loja para um cliente dar um sorriso, outro menear com a cabeça e apontá-la, concordando, outro não entender e esconder sua ignorância no silêncio.

Ana não esboçava reação. Há um mês ela não esboçava reação, e eu sempre tentando animá-la, consertá-la, não fica assim, vamos continuar tentando, D'us sabe o que faz, vamos sair hoje, nos divertir, ao teatro, ao cinema, mas nada tirava Ana daquele mutismo, nada consertava, nenhuma frase adiantava, e então eu chego em casa, mais cedo, adiantado, o jantar ainda cozinhando, Ana de costas, os pratos na mesa, dois, vazios, os copos na mesa, dois, vazios, virados para evitar as moscas, as cadeiras empurradas até o limite, embaixo da mesa, escondidas, e então eu digo que consertar relógios é adiantá-los, e Ana não entende, nem quer entender, o que aquilo, aquela frase sobre consertar pode consertar de fato.

Mas eu explico, finalmente eu explico, e a frase desde o início dizia tudo, a ideia, o conceito, a solução: "Consertar relógios sempre é adiantá-los." E isso era: "Por que não adotamos?"

ANA DISSE NÃO. Com veemência.

"Assim não quero."

Meu ditado não fazia milagre nem em casa de relojoeiro. O que poderia fazer? Para se ter uma filha precisa-se de dois, para adotar também. Não me lembro de como foi o jantar, do que fizemos depois, se fizemos alguma coisa, mas mais tarde, na cama, cada um virado para um lado, ela disse, a voz tímida cortando o negrume do quarto:

"Como seria?"

Horas depois. A retomada depois de longa pausa me surpreendeu. "Não sei", respondi, "mas posso me informar. Acredito que precisamos entrar com um processo de adoção e esperar."

"Não é isso", ela disse, ainda sem se mexer, quase como se não fosse ela quem estivesse falando, considerando. Eu já virara, estava sentado na cama.

"E o que é?", perguntei, tentando ser gentil, tom de voz afável, mão acarinhando os ombros tensos dela.

"Como seria ter uma filha de um ventre não judeu?"

O assunto me pareceu menor, quase ínfimo. Com que direito um casal que perdeu cinco filhos na barriga pode ser questionado sobre o assunto? Então sofrimento acumulado não conta numa hora dessa?

Mas não disse nada.

Nem Ana.
Por um tempo.
Até que sentou.
E disse: "Terá de ser em segredo."

UMA MULHER ME PAROU NA RUA e me chamou de Sérgio.
Senti-me diminuído.
Toda a minha personalidade ruindo com aquela afirmação: "Sérgio."
A entonação: "Sérgio?!"
Não como pergunta, mas espanto: "Não está me reconhecendo, Sérgio?"
Quem é Sérgio? Outra pessoa. Eu não mais com o meu rosto, minha marca. Envelhecido. Envelheci e virei Sérgio.
Sinto-me menor agora, ainda menos importante.
Como se até o corpo, única coisa que fica, dizem, não mais me pertencesse. Até ele me abandonou e lembra um Sérgio qualquer. Quando eu morrer, daqui a pouco, minha alma, se existir, se existir como o Livro diz – o meu ou o de Ana, convertida –, vai planar para algum lugar. Aqui, nem a casca fica, ela já foi, partiu antes. Não tenho mais no corpo minha impressão digital, meu reflexo no espelho, o que o mundo vê no meu rosto poderia ser qualquer um, Sérgio.
Ela insistiu: "Sérgio." Não que tenha repetido. Foi apenas um olhar mais demorado quando eu disse que não era o Sérgio, que meu nome era Natan. Deveria ter seguido caminho, passos lentos, mas ainda meus. Não. Fiquei preso na afirmação, mesmo negada. Parei. Os olhos dela nos meus, me reduzindo a Sérgio, quase como se não fosse permitido

que eu não fosse o Sérgio, ou quem sabe ela tivesse a certeza de que eu fosse Sérgio e estivesse mentindo, mas por que eu estaria mentindo, por que Sérgio mentiria para ela?, penso agora. De repente um homem e uma mulher, velhos, ambos, ela um pouco menos do que eu, estacam na rua, olhos nos olhos, uma frase-afirmação entre eles, parados, uma resposta que não encontra eco. "Não sou Sérgio." Mas quem consegue se mexer?, não eu, aniquilado, esvaído das últimas forças.

Ela foi embora pesando seus passos, contrariada, eu diria ofendida, eu era Sérgio e, negando, recusara que ela fosse, que ela fosse quem quer que seja, ela mesma. O que importa era a rejeição. Eu não sendo Sérgio, ou fingindo não ser Sérgio, matava o encontro, a história, apagava o passado, o passado dela. Ela foi embora, eu fiquei ali, entregue. Não sabia mais para onde estava indo, por que não estava em casa, quem eu era, se não Sérgio, como tinha tanta certeza que não era ele?

Dei meia-volta e retornei para casa, já o apartamento de Marlene: "Voltou, papai?"

ACONTECEU ASSIM: papai tinha acabado de sair de casa, disse que iria cortar o cabelo e fazer a barba, depois passaria na farmácia. Eu falei que o cabelo dele não estava grande, a barba sim, mas eu poderia ajudá-lo a raspar; também disse "Farmácia entrega", mas ele falou que precisava sair um pouco de casa, e concordei, mas tinha receio. Papai não andava bem naqueles dias, reclamava de falta de ar, dor no corpo e de cabeça, tonteira, e para uma pessoa como ele que não externava dores, com medo de se tornar um peso, aquilo era sinal de preocupação.

"Voltou, papai?", perguntei, quando ele passou por mim, na sala, menos de cinco minutos depois de ter saído. Ele não respondeu, o olhar obstinado, toda a força do corpo reunida para caminhar, pé ante pé, até a poltrona em que sempre sentava para dormilicar ou assistir à TV. Perguntei novamente, outra coisa: "Está tudo bem?" Ele levou a mão ao rosto, a mão grande de papai, peluda, a carne macia da palma vazando, cobrindo até as bochechas, e demorou-se com ela parada em frente aos olhos, depois desceu, devagar, até o colo. Os olhos permaneceram fechados por um tempo, depois se abriram.

"Pega um copo d'água", ele disse, a primeira frase desde que voltara, e saí correndo para a cozinha sem esperar pela segunda. Voltei com o copo d'água, dei em sua mão, mas o copo escorregou e se espatifou. "Não tem problema", eu disse. Ele olhava para mim, mas seus olhos não diziam nada. Eu não sabia se ia para a cozinha pegar um pano, um segundo copo d'água, ou se ficava ao seu lado. "Quer que ligue para o doutor Samuel?", perguntei. A resposta: "Uma mulher me chamou de Sérgio na rua." Eu não entendi, aquilo não fazia sentido, e repeti a pergunta sobre ligar para o médico. "Ela não perguntou se eu era o Sérgio. Ela tinha certeza de que eu era o Sérgio." Entrei no jogo, ainda confusa. "Que Sérgio, papai?" Ele até então olhava para a frente, para um horizonte à altura da minha barriga, mas dessa vez reagiu à pergunta, olhou para mim, o olhar de papai recuperado, forte, desafiador. A voz também saiu pesada, áspera: "Como que Sérgio? O Sérgio dela!" "E quem é o Sérgio dela, papai?" Ele voltou a olhar para o horizonte, desfocado. Esperei alguns segundos, mas nada, ele longe, eu ali, insegura. "Vou ligar para o médico", e corri até o telefone sem fio, o número do doutor Samuel na memória do aparelho, número 3. Voltei e meu pai seguia com o olhar confuso, distante, a voz saiu baixa dessa vez: "Acho que o Sérgio dela sou eu."

NÃO TEM

MARLENE e MARQUINHOS

Os lençóis brancos realçam os contornos do corpo, as pernas magras, os joelhos alinhados pelas mãos de outros. O peito frágil, escamado, costelas aparentes, não respira por si só, os pulmões não conseguem sustentar o natural sobe e desce, e o ar entra pela boca, máscara de oxigênio. Os olhos do negro ameaçador que na minha infância tanto temi e admirei foram encobertos por uma névoa branca, constante, e rezo para que as pálpebras estejam abaixadas toda vez que entro no quarto.

Sempre estão.

Seus braços são como galhos mortos, finos, que não conseguem gerar folhas ou frutos, apenas restam colados junto ao corpo, árvore de raiz seca. A pele, casca arroxeada pelas picadas de sangue extirpado e jamais devolvido, as mãos caídas, mero canal de entrada dos remédios que o mantém vivo.

Ele tem 88 anos, meu pai, Natan.

Estou neste hospital há quase dois meses, ele sempre deitado, coma induzido, e eu esperando que algo aconteça. E apenas uma coisa pode acontecer. Minha vida é uma eterna espera, e aguardo sentada numa cadeira acolchoada, olhando pela janela – uma vista de prédios e casas velhas, a cidade em ondulações de calor que não passam pelo vidro, eternos 22 graus comandados por um controle remoto invisível. De turno em turno uma enfermeira vem e troca o soro dele, de dois em dois dias lhe dão banho e mudam o jogo de cama. Antes eram mais vezes, mas viram que não há necessidade, ele não se mexe, as sondas eliminam as únicas sujeiras possíveis, tem menos vida do que se tivesse enterrado, comida de vermes.

Saio apenas para almoçar e jantar, sempre ao meio-dia e às seis da tarde, retorno em 25 minutos, três a mais nas sextas-feiras, quando atravesso a rua para tirar dinheiro no caixa eletrônico. No início era um mantra, "Vai para casa, dona Marlene", entoado por médicos e enfermeiras, mas com o tempo desistiram de falar comigo e passaram a falar sobre mim, cochichos e olhares atravessados enquanto davam banho de gato em meu pai. Nas últimas semanas ninguém mais fala comigo e, com isso, nada digo também. O silêncio sempre me pareceu a condição natural, e se agora posso mantê-lo por horas, dias, isso não chega a me fazer triste. Ou será que minto?

Não faço planos. Apenas espero calada que ele morra para que possamos sair deste hospital. Ele com destino certo; eu, não.

Mas tenho medo. Toda noite o mesmo sonho. Meu pai acorda, cutuca meu ombro com seu dedo médio arroxeado e me pergunta por que ele precisa continuar lutando para não morrer. Eu tento dizer que não tenho resposta para isso, mas minha boca parece colada, costurada por alguma linha que cirze meus lábios, e não consigo emitir som. Ele então caminha para a cama, devagar, pé ante pé, mesmo em sonho respeitando a idade e a doença que tem, deita, ajeita as cobertas, fecha os olhos e volta a dormir seu sono definitivo.

Quando acordo procuro por seus apelos negros, fechados. Falta-me coragem de soprar a resposta que sei, ele sabe, nos seus ouvidos. Dizer-lhe que vá, nada o prende deste lado. Mas sempre recuo, jamais passo do sussurro mental. Temo falar em voz alta a verdade, pois em seguida teria que pensar em mim, no que seria de mim depois que ele se fosse, quando não estivesse mais neste hospital, inerte nesta cama.

A situação de um jeito esdrúxulo me é cômoda, o café da manhã pago pela empresa de saúde, o almoço e jantar ao alcance de um elevador, o sofá-cama sempre com lençóis limpos e esterilizados. A semana transcorre de maneira natural, uma sucessão de dias, que no início eu contava pela programação da televisão. Foi perdendo a graça, as novelas não são tão boas como antigamente, as manchetes do dia, com a idade descobrimos, nos são irrelevantes. O próximo passo foi decorar o menu do restaurante do hospital: na segunda-feira, frango; na terça, peixe; na quarta, macarrão; quinta, novamente frango; na sexta, carne vermelha; sábado, feijoada – o que no início achei um absurdo, depois estranho, e ultimamente engraçado; e no domingo, peixe. Assim descobria o dia da semana, era confortável, previsível, e o que preciso neste hospital, na minha vida, é dessa previsibilidade morna, grudenta. Se sábado é dia de feijoada em todos os restaurantes, por que não no do hospital? Mas um dia veio carne na segunda-feira, macarrão na terça, peixe na quarta e na quinta, e desisti deste método.

Finalmente, o dinheiro. Não conto mais os dias da semana, mas sei quando é sexta-feira: o dinheiro acaba. Assim, encontrei um equilíbrio provisório, pelo menos até o preço das refeições aumentar.

O MOSTRADOR DOS BATIMENTOS CARDÍACOS é o de cima, em azul. Controlo suas variações mesmo sabendo que nada posso fazer. Geralmente não passa dos 75 batimentos por minuto, nada alarmante, mas um pouco alto para um senhor de 88 anos em repouso. Os médicos não ligam, dizem ser natural, o coração é forçado a uma atividade maior por causa da precariedade do funcionamento dos pulmões, o da esquerda comprometido, o da direita aguentando, com a ajuda do oxigênio artificial, o trabalho dos dois. Mas apenas sem nenhum esforço. Ele jamais poderia andar, ou teria outro AVC, o terceiro. O que me traz a questão elementar, um paradoxo: em coma ele vive, se acordasse e tentasse se mexer para se acomodar melhor na cama, morreria em segundos.

Com meu marido foi assim. Morte quase instantânea, jogando tênis com o Marquinhos, meu filho mais moço. Ataque cardíaco fulminante. Foi o tempo de dobrar os joelhos, apoiar a mão esquerda no chão, a direita espalmada no coração, e escorar a queda. Nunca mais se levantou. Reconstruo a cena que a boca chorosa de meu filho contou para mim, para os médicos e, por telefone, bem mais tarde, para Nicolas, seu irmão mais velho, que estava trabalhando, plantão, quando isso aconteceu. Fazia o primeiro ano de residência médica no hospital mais badalado da cidade. Queria ser cirurgião cardíaco, terminou como oftalmologista, especialização em São Paulo. Nunca mais voltou a morar no Rio.

    Quando o Afonso foi enterrado, a família acabou junto com ele. Um breve suspiro de cinco anos, enquanto o Marquinhos ainda estava no colégio, mas, depois que ele foi para Israel, nos limitamos a mim e a papai, com Nicolas em alguns fins de semana, depois eu, papai, Nicolas e sua esposa, depois eu, papai, Nicolas e sua esposa e Patrick, meu neto, mas aí então só nos feriados e, mesmo assim, nem todos, apenas os religiosos do nosso lado: Yom Kipur, Pessach e Roshashana. No meu aniversário eles não vinham. Mônica nasceu no mesmo dia que eu, 2 de outubro. Com o tempo, restou apenas o Natal, festa dos outros, na casa de outra família, em São Paulo. E mesmo assim parei de ir depois que papai passou a morar comigo.

"De quantos meses?", meu pai perguntou, e arqueou as sobrancelhas negras de pelos abundantes já naquela época. "Sete semanas", respondi. Mentalmente ele fez as contas por alguns segundos que me pareceram cômicos minutos. Meu pai sempre foi péssimo com números, e mesmo assim, ironia, era relojoeiro.

Eu tinha apenas 21 anos, nem dois meses de casamento, e já estava grávida. Casei virgem numa época que casar virgem já estava ficando ultrapassado numa cidade como o Rio. Mas nós morávamos na Tijuca, e ainda se mantinham muitas tradições entre aquelas paredes decoradas com quadros do Muro das Lamentações misturados com caçadas em fazendas inglesas.

"Pai, foi na lua de mel", resolvi me antecipar. "O ginecologista fez as contas comigo e chegamos a essa conclusão. O Afonso já sabe, mamãe também. Vamos ter o bebê. Vou parar de trabalhar por uns meses, mas depois volto, está tudo acertado."

Nunca voltei.

Nicolas tomava todo o meu tempo, foi um menino difícil, eu era nova, inexperiente, nervosa, e procurava atendê-lo, mimá-lo de todas as maneiras possíveis. Mamou no peito até quase os 2 anos, mamadeira até 6, até que um dia parou, sem explicação. De 6 para 7 anos mudou, ficou calado, na época eu e Afonso brigávamos muito, eu queria voltar a trabalhar, ele não queria, pedia outro filho. Com 10, tudo passou, Nicolas readquiriu o viço, a confiança, já falava em ser médico, gostava de esportes, o pai o levava para o jogo do Botafogo no Maracanã, passeio a pé. Voltavam cabisbaixos, anos de jejum, mas refletiam felicidade mesmo assim; depois do jogo sempre paravam num bar; hambúrguer e batatas fritas para Nicolas, chope e chope para Afonso. Então veio a notícia: grávida novamente, quase 12 anos entre os filhos, eu ainda nova, 33. Nicolas não lidou bem com o fato de não ser mais o centro das atenções. Parou de trazer amigos da escola, recusava os apelos do pai para jogarem futebol na Quinta da Boa Vista, como faziam antes do nascimento do Marquinhos. Com o irmão sempre manteve relação de distância, não brincou com o bebê, jamais implicou com a criança, caçoou do pré-adolescente, e deu conselhos ao menino que com 17 foi embora de casa para não mais voltar.

 Nicolas queria ser cirurgião cardiologista, sempre quis, desde quando brincava com o joguinho da operação da Estrela, ou empurrava uma ambulância de plástico pelo tapete da sala fazendo barulho com a boca imitando a sirene, operava bonecos do Falcon, fazia curativos na própria testa sem nenhum corte. Depois que o pai morreu numa quadra de tênis, ele passou a detestar a especialidade que escolhera, a profissão com que lutara contra nossa precariedade financeira para abraçar, queria desistir do sonho.

 E desistiu.

Recusou convites de especialização nas áreas mais badaladas. Desinteressou-se da carreira, dele mesmo, casou-se com uma gói que engravidou sem querer já em São Paulo. Tornou-se um oftalmologista medíocre, daqueles que atendem apenas casos de miopia, consulta paga pelo plano de saúde, não operam ou são convidados para congressos. Trabalha de segunda à sexta, apenas no período da tarde, e se dá por satisfeito, tendo clientes ou não.

Quando de fato se separou, o casamento já tinha acabado há cinco anos. Apenas a inércia mantinha Nicolas e Mônica juntos, ele pesando 115 quilos de massa parada e ela 93 de doces à tarde.

Eu tinha acabado de sair da sinagoga, prometido ao rabi Shlomo que não faltaria mais às aulas. Ele tinha me dado uma bronca com palavras sérias, pesadas, citando o Antigo Testamento de cor, passagem por passagem, exemplo por exemplo. Fez-me prometer que estudaria o Livro, que seguiria os ensinamentos. A sinagoga ficava perto da praça Saens Peña, e de lá para casa eram duas estações do metrô. Eu sempre gostei de ir no último vagão, e estava esperando pelo próximo trem – o anterior saíra quando eu descia as escadas. Caminhei para o lado esquerdo, penúltima porta. Sempre ia ali, como uma mania, superstição, mesmo sendo errado acreditar em crendices de que o Livro não fala. Ele veio andando em minha direção, olhando nos meus olhos desde muito longe. Quarenta metros e aquele olhar que eu ainda nem percebia ser azul me desafiando, 30 metros, sedução. Seu corpo frágil, esguio, um pouco mais alto do que eu, mas magro, quase magro demais. Os olhos azuis nos meus, 20 metros, e eu nem acreditava. De repente o Livro, rabi Shlomo, Moisés e seus olhos ferozes de verdade, a Verdade – mas ele tinha os olhos de Jesus, ele tinha a bondade de Jesus nos gestos, ele tinha a sensualidade que Jesus tinha ao abençoar os pobres. Dez metros, e ele tão gay quanto eu desejo não ser, tão afeminado, e olhava nos meus olhos, cinco metros, a calça jeans apertada no corpo, a cintura baixa, uma camisa azul, um azul-marinho contrastando com os olhos claros dele. Ele passa e me convida com os olhos, me intima com os lábios finos, finos, vermelhos, sua palidez excessiva contrastando com a minha pele amarelada, marcada de espinhas que não sei controlar. Ele para, de costas, sua bunda, sua bunda é magrinha, linda, e imagino que ele não pode ter gostado de mim, isso não teria explicação, mas ele vira novamente, me olha de cima a baixo, sorri, sorri triste, e se vira novamente.

Penso em ir até ele, quero ir até ele, mas e Moisés?, e o rabi Shlomo com seus tufos de pelos esfumaçando as orelhas, e o inferno logo ali na religião alheia?; ele talvez seja um enviado do diabo, escuto o rabi falando em meu cérebro, ele é um dibuk querendo te atrair, e seu tom de voz é alto, altíssimo, grave. Mas é o metrô que chega, ouço o barulho, vejo as luzes amarelas do farol na curva. Quando a porta do metrô se abrir, entrarei na mesma porta que ele, penso, vou parar ao lado dele, segurarei sua mão por um segundo apenas e ele vai entender que... ele volta a olhar para mim; ele voltou a olhar para mim, e se jogou. Atirou-se na frente do metrô. O corpo ricocheteou no vidro do maquinista, e subiu, subiu, veloz, e os gritos, meu grito mais alto do que todos, e o corpo dele desceu e caiu, inerte, no teto do segundo vagão, e o barulho do freio do metrô não consegue abafar os gritos, o meu grito, o metrô para 50 metros adiante e vou correndo em sua direção, e ele está em cima do segundo vagão, morto, mas ainda lindo, branco, sem marcas aparentes de sangue, mas morto, o braço quase pendendo pela porta que abre e fecha sem ninguém passar por ela, todos gritam, e ele morto, lindo, seus olhos agora sem vida, o azul sem viço é branco, sua cabeça estirada no teto do metrô, na minha direção, e a boca aberta, seu esgar parece um sorriso, um sorriso de convite, para mim. Corro para fora da estação e vomito. A sinagoga ali do lado, duas esquinas apenas. Preciso falar com o rabi Shlomo, confessar essa morte que carrego, outra, pedir perdão ao que não ouso pronunciar o nome pelo pecado ensejado. Mas só consigo pensar nele, em sua beleza, em seus olhos azuis, e volto para a estação do metrô, salto a roleta, os seguranças estão lá embaixo tentando controlar os populares, chego perto do corpo, "Ninguém se aproxima", grita um dos seguranças, travo, tenho medo, medo da culpa, receio que alguém tenha me visto sorrindo para ele, alguém tenha escutado meus pensamentos sobre a bunda dele, seus olhos, alguém diga que a culpa por aquela morte é minha – e sei que é!, tenho certeza que é!, fui eu quem o empurrei com meus olhares insistentes. Sinto medo, pânico, culpa, e volto a sair correndo da estação.

"O Mariquinhos voltou", escuto. Um dos meninos mais adiantados cochicha. Acha que não ouvi, finjo que não ouvi. "Mariquinhos", ele diz, e abaixo a cabeça, sento no banco de madeira esperando minha vez. Sei que ele me olha, sei que me olham. Mariquinhos, Mariquinhas, na escola é só o que escuto, Mariquinhos, um apelido-acusação, condenação. Treze anos recém-completos e já condenado pela vida inteira. Carrego essa morte no corpo, essa culpa que transborda pela minha timidez, cabeça baixa, os olhos azuis de Jesus me olhando e chamando de Mariquinhos, vem, Mariquinhos, um dibuk, falaria o rabi Shlomo, falará rabi Shlomo, um dibuk te convidando para aceitar o que nem ainda aceitou mas já tem sua condenação, Mariquinhos, Mariquinhas voltou. "Por que choras, Marcos?", a voz rouca, áspera, rabi Shlomo com a mão na minha cabeça, a antessala vazia, aonde foram todos?, aonde o menino adiantado, que sabe a reza em hebraico, que me chama de Mariquinhos mesmo aqui, na casa sagrada, e eu ainda posso estar aqui?, penso, e de novo Mariquinhos, uma mão pesada no meu ombro, Mariquinhos?, mas a mão é do rabi, e ele não me chamaria assim, os tufos da orelha parecem não parar de crescer quando olhados daqui de baixo, lembram aqueles desenhos animados em que o monstro solta fumaças pelas orelhas, penso, e pelo nariz, agora vejo, também o nariz do rabi solta fumaça de pelos, e de novo Mariquinhos, está me escutando?, a voz áspera, "Marcos, está me escutando?", talvez, agora sim. "Venha, vamos entrar", e ele me levanta do banco de madeira, rabi Shlomo me levanta do banco de madeira, a mão dele é quente, "Vamos", ele diz, e vou, "Senta aqui", e sento, "Fala para mim o que aconteceu, o que está acontecendo, Marquinhos"; e falo, e conto, tudo. Menos a minha participação. "Rabi, vi uma pessoa se matar."

"Você demorou." Minha mãe. "Estava preocupada." Minha mãe. "Você sabe que fico preocupada quando demora." Minha mãe. "Por que demorou?" Minha mãe. "Voltei a pé, mãe." "A pé? Mas é muito longe! E o dinheiro que te dei para voltar de metrô?" "Esqueci", minto. Podia mentir muito mais, sempre menti para ela, vivo mentindo, conto com a ajuda dos outros para mentir, senão seria impossível. Desta vez rabi Shlomo. Voltei à sinagoga, tremendo, não lembro bem como cheguei lá, mas cheguei, o que falei, mas falei, como saí de lá, mas saí, como voltei para casa, mas voltei, aqui estou, minha mãe me bombardeando de perguntas, por que demorou, onde estava, minto, e agora: "Como foi a aula?", "Posso marcar o bar mitzvah?", "O que aprendeu?", e começa a falar em hebraico para me testar, um hebraico com sotaque carioca, não o mesmo hebraico de rabi Shlomo, não o mesmo hebraico de Moisés, Moisés falava hebraico?, tenho que estudar, o hebraico de mamãe não tem nenhuma sacralidade, não passa de uma centena de palavras aprendidas há quase quarenta anos, não os quarenta anos de Moisés, e nunca mais usadas. "Vou para o quarto", digo, "Tenho que estudar para a próxima aula." Ela aquieta-se, que mãe judia não quer escutar isso? Vou para o quarto estudar. Ela se delicia com a resposta, enxuga as mãos secas no pano de prato pendurado na barra do vestido, sorri, o filho em casa, o filho obediente que vai para o quarto estudar sem ela nem pedir, mazel tov, dona Marlene, mazel tov. Mas é mentira. Sei lidar com mamãe, a vida inteira tentando ser o que ela queria, primeiro menina, Sara, errei já no nascimento, depois bom filho, esportista, e então o jogo de tênis e papai morto quando tentou fazer um voleio, e agora judeu, o bom menino judeu. Fracasso a cada tentativa, mas dissimulo, para ela sei dissimular, preciso. Fecho a porta do quarto: um erro. O espelho atrás da porta, eu refletido no espelho, um homem com olhos azuis de Jesus que brilha por trás do reflexo, uma piscadela me chamando, um dibuk, rabi Shlomo diria, diria se eu tivesse contado a verdade, outra morte, outra morte na minha frente, primeiro papai, agora Jesus, um Jesus gay me cortejava na estação do metrô, o barulho dele batendo no vidro e subindo, o eco desse barulho, depois o baque seco, pesado, do corpo dele batendo no teto do metrô, as pessoas gritando, aqueles olhos lindos gritando, azuis, lindos, para mim, azuis, para mim, para mim, para mim, Mariquinhos, Mariquinhas, Mariquinhos. Agora é mamãe que grita, "Marquinhos", desperto, nu, na frente do espelho, "Marquinhos, o jantar em cinco minutos", nu, na frente do espelho, pau duro, nu, na frente do espelho, pau duro, me masturbo para o Jesus gay de olhos azuis, um dibuk, me masturbo com força, raiva, até que não gozo em minha mão, mesmo fazendo toda a força o desejo permanece preso, incurável, incubado. Mariquinhos, Mariquinhas, dibuk. Limpo minhas mãos secas no lençol.

Eu queria que ele fosse uma menina. Achava que seria menina. Com sete meses, o médico disse que poderíamos fazer uma ultrassonografia para saber o sexo, última novidade na época, mas não quis. "É menina. Tenho certeza." O enxoval já estava pronto, mas Sarinha nasceu um menino, para a minha decepção. Nos primeiros meses só o vestia de rosa e amarelo, até que cresceu e passou a usar as roupinhas do Nicolas que eu tinha guardado.

Demorou quase uma semana para decidirmos por um nome, e no final Afonso sugeriu Marcos por não existir feminino possível. Tinha medo, confessou-me mais tarde, que eu continuasse a chamar o filho de Sara. Continuei, mas sem pronunciar palavra. No meu silêncio sempre foi ela, minha menininha.

Marquinhos não quis ir ao enterro do pai. Não deu explicações, e também não pedi. Nos meses seguintes passou a ir com certa frequência ao cemitério, primeiro sem contar para ninguém, depois comentando brevemente com Nicolas ou com o avô, e eu ficava sabendo dias depois. Mas jamais perguntei por quê.

Talvez se culpasse pela morte do pai. Ele, adolescente, querendo se mostrar homem a cada segundo, arrotando na mesa de jantar, gritando palavrões pelo telefone. Uma bola mais curta, um voleio maldoso, e o pai correu do fundo de quadra até a rede. Rebateu a bola, quase sem forças, e ela passou lenta para o lado da quadra do filho. Que o arrasou em um golpe forte, certeiro e a bola morreu entre as tranças do alambrado soltando um barulho metálico.

E o pai ajoelhou-se com a mão no coração, para nunca mais levantar.

Imagino isto tudo, as nuances, os possíveis lances da partida, se o ponto que matou meu marido era decisivo ou apenas um 15-15, sem ameaça de quebra de saque no início de um game. Afonso adorava jogar tênis, sentia-se rico, realizado. Morreu em quadra. Marquinhos nunca contou quase nada daquele jogo, do último ponto, da última palavra de Afonso, da penúltima. Disse apenas, entre lágrimas, que o pai morrera.

O JANTAR EM CINCO MINUTOS sou eu e minha mãe numa mesa de quatro lugares, grande demais, frente a frente. Os lugares vazios são Nicolas, em São Paulo, e meu pai, no céu, no paraíso, reencarnado ou no cemitério, dependendo da perspectiva. "O que você tem, Marquinhos?", minha mãe, eu olhando para a minha mão direita, envergonhado, a certeza do gozo que não veio entre os dedos, um prazer, desejo, que ainda não compreendo, ou finjo não compreender, e meu corpo talvez compreenda, o pau duro, ou finja não compreender, o gozo negado. "O que houve, Marquinhos?" Respondo que nada, esquecendo a mão, erguendo o prato para minha mãe me servir, ela ainda me serve, mas com ela nunca pode ser nada, para dona Marlene alguma coisa é sempre alguma coisa, e o silêncio dos outros, então, um pesadelo, e ela: "É seu pai, não é?" E voltamos ao assunto de todos os dias, o assunto que ela não me deixa esquecer; digo que não é nada, depois, pensando melhor, falo que estava pensando na aula do bar mitzvah, e ao receber o prato de volta, cheio, "Você precisa se alimentar bem, meu filho", minha mãe pergunta se pode contar uma história, e sorri, forçado, melancólica, mas sorri. Aceno com a cabeça que sim, mas nem precisava, a pergunta retórica, a história iniciada, o tom didático de minha mãe quando conta uma história que esconde uma moral: "Quando fiz meu bat mitzvah..."

e desligo, cabeça no meu Jesus gay de olhos azuis, e escuto palavras: "Sua avó, seu pai, comunidade judaica da Tijuca, vestido...", mas só penso nele, nos seus olhos, na sua bunda, e meu pau endurece novamente, ele compreende, sim, e sorrio mastigando o frango, e minha mãe me vê sorrindo e diz: "Sente saudade do seu pai, né?", e a vontade é responder que não, sinto raiva, sinto raiva de você também, meus olhos mostram, a sobrancelha arqueada, eu com o pau duro, começando a me entender e a ter medo e ela lembrando do meu pai, e meu pai é só a imagem de um homem calvo caído no chão, raquete na mão, morrendo, morto, e eu gritando, para ele, por ele, por alguém, por socorro, e ele apagado na quadra, mas meu pai tem de novo os olhos abertos, segundos antes, e grita: "Bate como homem, porra!", e vira o rosto, quica a bola duas, três vezes e saca forte, tenho raiva, toda ela reunida na empunhadura da raquete, e respondo o saque com força, ódio, "Como homem, porra!", aliso sem perceber meu pau ainda duro por debaixo da mesa, testo a empunhadura, e com a mesma força que rebati aquele saque aperto meu pau, e escuto o som metálico da bola se prendendo na grade, e quando olho para a quadra é meu pai no chão, morrendo, e quando tudo acaba é meu pai no chão, morto, e eu desperto por outra pergunta de minha mãe: "Tudo bem, Marquinhos?", eu de novo olhando para a minha mão direita.

"Pode deixar que tiro a mesa", minha mãe diz. Meu prato ainda na metade, mas ela sabe que não vou conseguir terminar e já dá o almoço por encerrado. "Vai estudar", sentencia. Eu aceito, ou finjo aceitar, naquele momento não penso, cumpro ordens, levanto da cadeira e vou para o quarto. Fecho a porta, sem trancar, evito olhar o espelho. A cama de Nicolas no lado esquerdo, a minha no direito. De frente, as duas escrivaninhas. A do meu irmão arrumada, imaculada pelo zelo de minha mãe. A minha uma bagunça de mochila, livros e revistas. Quatro lugares me convidam para sentar, quatro opções. Travo. Minha mãe invade o quarto, pano de prato na mão, sem cerimônia, e diz para eu tirar logo a roupa suja porque ela vai colocar para lavar. É uma ordem. Eu espero ela sair do quarto, mas minha mãe não se mexe. "Vamos", insiste. Ordem. "Está com vergonha? Mas eu sempre te vi pelado, conheço seu corpo frente e verso, melhor do que você." Poderia ser qualquer mãe falando isso, em algum momento todas as mães falaram isso para os filhos na primeira vez que ele se recusa a tirar a roupa na frente dela. Mas não é qualquer mãe, é a minha mãe, dona Marlene, e este não é qualquer dia. Tomo coragem: "Mãe, se a senhora não se importa..." deixo as palavras planarem no ar, sugestão, ou ordem?, e ela sai batendo a porta com um pouco mais de força, ofendida. Eu tiro a roupa rapidamente, tentando dessacralizar aquele momento, evitar a vergonha e os pensamentos, mas o espelho me responde com o contorno do meu corpo nu, de lado, e meu corpo responde ao espelho com vergonha e vigor, que andam juntos. A culpa aparece mais tarde. Escuto os passos no corredor, minha mãe novamente, e tento esconder minha ereção com a mochila, cena patética, um garoto de 13 anos nu com a mochila defendendo as partes da mãe que entra no quarto sorrateiramente. Mas ela não entra, os passos se afastam, os músculos e algo mais relaxam depois do susto, e posso me vestir com calma. Apago a luz do quarto e acendo a da escrivaninha para simular que estudo. Novamente quatro opções para sentar: escolho a cama de Nicolas, o irmão mais velho que já foi embora, o filho desejado que será médico. Por enquanto sou apenas um menino, uma criança que, no entanto, ou de repente, no pensamento de minha mãe, já se recusa a tirar a roupa na frente dos outros. Os problemas só estão começando, penso, e volto a lembrar do meu Jesus gay.

NINGUÉM

NICOLAS

Eu posso reconstituir cada minuto da manhã em que tudo começou. Hora do óbito: oito e quarenta e três. Meu primeiro morto. "Manuel Henrique Perdigão, doravante tratado como paciente, chegou à emergência, de ambulância, apresentando sinais de falta de ar. O exame clínico nada revelou e encaminhei o paciente para a observação na enfermaria. Cerca de 15 minutos depois a enfermeira Cristine Silva dos Santos relatou que o paciente não apresentava sinais de respiração. Procedi com novo exame clínico que detectou que, de fato, o paciente não estava respirando. Outros médicos foram mobilizados e, apesar de todos os esforços e técnicas de ressuscitação aplicadas, o paciente não apresentou melhora e o óbito foi declarado às oito e quarenta e três do presente dia."

Dispensando os termos técnicos, esse foi o relatório que escrevi e assinei naquela terça-feira.

Quando falei a "hora do óbito", minha primeira hora do óbito, quase desisti de ser médico. Não estava preparado para aquele momento, para aquilo, uma morte sem explicação ou sentido, uma morte limpa, silenciosa, falta de ar seguida de desfalecimento sem volta. Deixei o corredor e procurei o banheiro. Fiquei lá dentro por pelo menos 25 minutos, primeiro trancado na cabine, chorando sem lágrimas, depois água na cara, a mão em concha tentando levar todo o líquido que saía da torneira para o meu rosto, lavar alguma coisa que não meus poros. O som de maçaneta rodando me fez correr de volta à cabine, patético, sem saber por que ou do quê, de quem?, estava me escondendo. Achei que alguém me puxaria pelos braços para cobrar explicações, cassar minha residência, impedir que depois de anos de estudo eu virasse realmente um médico. Talvez tivesse sido melhor. Essa condenação nunca veio, o processo nem foi aberto, e de toda maneira eu era apenas um residente e a culpa, segundo o regulamento interno do hospital, recairia sobre um superior, médico formado que deveria estar me supervisionando na hora.

Dentro da cabine tive falta de ar, eu representava os sintomas do paciente morto, de fato achei que morreria no chão daquele banheiro. Lembro-me de me encolher, joelho no peito, e fechar os olhos. Tudo que eu não deveria fazer naquele momento. Mas se o que eu precisava fazer não adiantara para o paciente, por que adiantaria para mim?

Quando consegui me controlar, saí da cabine, depois do banheiro, meu primeiro passo no corredor, um susto: "Quer comer alguma coisa?" Aceitei o convite, justamente do meu chefe. Ele disse que eu estava pálido, molhado de suor. Tentei desconversar dizendo que fora a água da torneira que tinha me molhado. Depois disso fomos silêncio por alguns minutos, um silêncio monocórdio, zumbido ininterrupto.

Sentamos à mesa, prato feito, guaranás no copo com gelo, e então ele comentou: "Soube que aconteceu um troço chato com um paciente. Não se preocupe. Preencha o relatório e deixe no meu escaninho. Vou ler e assino. Qualquer coisa conversamos." Baixei a cabeça e ele repetiu: "Não baixa a cabeça, Nicolas, acontece com todos." A cafeteria do hospital estava vazia, apenas duas enfermeiras numa mesa mais adiante, e na frente duas mulheres que pareciam irmãs ensaiavam um olhar pesaroso. Será que seriam familiares do paciente, do meu paciente?, pensei, mas depois elas gargalharam, os olhos vidrados na TV. Se não tinha nem uma hora que eu matara uma pessoa e já não conseguia conviver com aquilo, como seria pelo resto da vida?

"Você quer me foder?" Meu chefe me puxou para o banheiro, apertando meu punho com força. "Ainda bem que eu peguei a porra do relatório e li antes de assinar." Eu de frente para o espelho, ele de costas. Meus olhos vidrados, longe, um desconforto no punho – ele ainda apertava, balançando os braços ao gritar. "Não te ensinaram nada na merda da faculdade?" Ele tinha as costas da mão peludas, o jaleco levantado até o meio do braço revelava um emaranhado de pelos negros, e o constante puxar e balançar do meu braço me dava tontura. "Do jeito que está escrito é erro médico, é abertura de processo interno, é confusão. E eu vou me foder. Mas você vai junto." Meus olhos nublaram e os joelhos cederam em falso. O punho preso impediu a queda. "Ei, Nicolas, tá tudo bem?" Recuperei o equilíbrio. Respondi que estava bem, murmurei, acho, pus a culpa no plantão, noite virada. "Ainda não estou acostumado." "O que vamos fazer é o seguinte: me encontra em 10 minutos na cafeteria. Vou escrever a porra do relatório, palavra por palavra. Você só tem de assinar e colocar no escaninho." Aceitei, sem palavras. Ele nem viu, já havia saído do banheiro.

A dor no punho memória recente, parecia que a carne ainda estava pressionada. Olhei-me no espelho, mas não me enxergava. Apoiei as duas mãos na imitação de mármore da pia, me equilibrei, olhos fechados. Abri a torneira e enxaguei o rosto. Várias vezes. Meu rosto foi tomando forma novamente, salpicado de gotículas d'água que cataporavam o espelho. Enxuguei-o com a manga do jaleco. Empurrei a porta do banheiro e a dor no punho voltou, mais intensa. Mas não tinha tempo para nada que acontecera no banheiro. Ou tinha?, 10 minutos antes de poder ir para a cafeteria, tempo demais. Meu plantão já acabara, poderia ir para casa, mas antes.

Fui até o orelhão em frente ao hospital. Disquei para casa, quatro vezes, ninguém atendeu. Liguei a quinta; ocupado. Minha mãe deveria estar de volta, ela e seus telefonemas. Meu pai saía de casa pela manhã, ela ia junto para fazer compras, depois voltava e passava as tropas em revista pelo telefone. Pai, tias, filhos, amigas.

Resolvi ir para a cafeteria de uma vez. Meu chefe estava sentado à mesa do canto, escrevendo, escrevendo o relatório que iria me salvar, nos salvar, inventando outra morte para justificar o caixão cheio. No balcão pedi um café; o atendente trouxe rapidamente. Derramei seis colheres de açúcar para ganhar tempo, uma, e mexia com a colherinha no sentido horário, da esquerda para direita, duas, e agora no sentido inverso, direita para esquerda, anti-horário, querendo que o tempo voltasse, o plantão já tivesse acabado quando..., três, para esquerda, mais rápido, quatro, direita, cinco, esquerda, seis, direita: como se eu houvesse criado uma superstição naquele momento; mas não; apenas demora, adiamento.

Meu chefe me olhava, me puxava com os olhos. Fui andando em direção a sua mesa e ele levantou. Mas deixou um papel. Sentei e coloquei-o no bolso, tudo aquilo teatral demais.

E enquanto tomava meu café, dulcíssimo, só pensava em como eu tinha matado meu primeiro paciente.

O novo relatório tinha três linhas. Dizia que o paciente Manuel Henrique Perdigão dera entrada na enfermaria desfalecido e que a enfermeira me chamara – e posteriormente ao meu chefe também (mentira!) – e que apesar das práticas de ressuscitação utilizadas – e descrevia em termos médicos os procedimentos – não houvera jeito de salvá-lo. Causa mortis: falência dos pulmões. A hora do óbito batia com a verdadeira, a assinatura dele inaugurava o documento. Assinei também, e só pensei nele falando: caso encerrado.

Deixei o relatório no escaninho e ia saindo da sala dos médicos quando: "É o relatório do paciente Manuel Henrique Perdigão?" A assistente social. Cara fechada. "Sim", respondi. E ela desarmou em um suspiro. "Graças a Deus. Estão só esperando esse documento para o corpo ser liberado. Vão tentar enterrar ainda hoje. Vou levar na administração para lavrar o atestado de óbito e liberar o corpo para a família. Com licença."

Ela apanhou o relatório e saiu. O relatório que eu acabara de assinar. Saiu levando na mão a farsa. Que assinei. Caso encerrado, diria meu chefe, batendo com a palma da mão nos meus ombros, soltando um sorrisinho de alívio, corriqueiro, brincadeira de criança que dá errado mas ninguém é punido. Mas será? Aquela morte virara um relatório, que confessava minha incapacidade de percepção médica, depois outro, dizendo outras coisas, muito menos comprometedoras, depois atestado de óbito, documento oficial, fato lavrado, e daqui a pouco um corpo num caixão, um enterro.

Fui para o vestiário me trocar. Tomei um banho, demorado, quente, depois frio, e fiquei pensando naquilo tudo, a morte, a minha primeira morte, debaixo d'água ela parecia asséptica, apenas um relatório mal escrito, questão de semântica, e, ao virar a torneira para desligar a água, a dor no punho era problema maior, mais palpável, latejava, uma memória permanente em dor.

Desci de escada querendo evitar o aperto do elevador, os segundos de olhares cruzados, quem me olharia?, saberiam?, o que estariam pensando? No estacionamento dei partida no carro, tirei da vaga, mas não consegui sair do hospital. Na frente, parado, o carro da funerária, preto, o sol da tarde castigando a lataria, o porta-malas escancarado. Ao lado um rapaz da minha idade, olhos inchados, e a assistente social. Dei ré, me afastei um pouco e estacionei novamente o carro. Não queria ser visto, não conseguia sair dali. A mão presa no volante, o pulso dolorido agora sem nenhuma importância: o carro da funerária de porta-malas aberto, um jovem chorando uma morte, quem sabe seu pai?, e eu sabia quem era o culpado, eu!, um senhor de 50 e muitos ou 60 e poucos reclamando de falta de ar, um residente que o examina e não nota nada clinicamente relevante, prescreve descanso e se afasta, e então uma enfermeira esbaforida, o residente retorna minutos depois e a morte já uma sentença irrevogável, mas ele não aceita e tenta uma ressuscitação, milagre; insucesso; um primeiro relatório vira um segundo, assinando, uma morte sem explicação agora tem explicação, quem sabe até mesmo sentido. Um filho (filho?), que chora a perda de um pai desarma toda e qualquer explicação, arruína sem piedade a tentativa de sentido, e finalmente o corpo, o caixão, o porta-malas se fecha, o carro da funerária dá partida, e só o que me resta fazer é segui-lo. Antes que ele me siga pelo resto da vida.

O TRAJETO CURTO, RECONHECÍVEL. Do hospital ao cemitério, menos de cinco minutos. Quando o carro da funerária saiu e tomou o túnel, o destino selado, talvez eu pudesse até ultrapassá-lo e mesmo assim não me perderia. Mas não o ultrapassei. Segui com prudência, guardando uma distância respeitosa. O carro parou na entrada onde acontecem os velórios. Logo um táxi emparelhou com ele e o filho saiu batendo a porta com força. Estacionei um pouco distante e deixei o pisca-alerta ligado, ainda não sabia por que estava ali, se deveria estar ali, se ficaria ali. Mas ali estava, parado, olhos fixos no porta-malas aberto, no caixão sendo puxado, nas alças sendo agarradas pelos dois homens da funerária, na força que os músculos de seus braços contraídos revelavam, no filho seguindo o cortejo, calado, cabeça baixa, no caixão desaparecendo pela entrada do cemitério, nas sombras, nas minhas sombras agora, no homem que entrou na emergência reclamando de falta de ar poucas horas antes, quantas horas antes?, e agora ele não era mais ele, apenas um caixão de imitação de madeira fechado.

Uma batida no vidro: "É proibido estacionar aqui. Logo em frente tem um estacionamento pago, o senhor, por favor, pare lá." Um guarda. Uma ordem. Não era minha intenção parar, mas quando vi: o dinheiro na mão do flanelinha. E agora, ir para onde? Por que não estou em casa?, poderia pensar, mas confesso que não. Algo me puxava para o cemitério, para o caixão fechado, ou aberto, minha culpa talvez, não sei.

Ao chegar à porta não consegui entrar. "O senhor é parente?" "Parente?", respondi com outra pergunta. Num tom baixo uma mulher se aproximara. "Parente do falecido que entrou há pouco. Trabalho naquela loja de flores ali, o senhor quer encomendar uma coroa? Temos vários preços e tamanhos." Não sei por quê, fui até a loja. A mulher me mostrou duas grandes coroas, elogiei a beleza de ambas. Ela já tinha uma caneta na mão. "Quer ditar uma frase? Fazemos na hora. Em quinze minutos entrego lá em cima."

Pedi desculpas, mas não. Apontei para uma rosa vermelha, para encerrar o assunto, fugir dali, ter algo em minhas mãos. "Se o doutor me permite, rosa vermelha não combina com enterro. Pode ser um lírio?" Aceitei, sem palavras, apenas um aceno de cabeça, mas minha cabeça estava em outro lugar, numa escolha de palavras. Por que a mulher me chamara de doutor? Não estava mais de branco, roupa trocada depois do banho, civil. Sim, é natural um vendedor chamar o cliente de doutor quando quer bajulá-lo. Mas será que ela sabia mais do que isso? Não, impossível, cheguei à conclusão. O lírio na mão. "O senhor ainda não pagou", a mulher disse quando eu me afastava, a mão segurando meu punho, o mesmo punho, a memória da dor se insinuando. Pedi desculpas, paguei, dispensei o troco.

De novo na porta do cemitério, dessa vez com a flor na mão. Entrei. A claridade chapada perdendo espaço para uma sombra escura, úmida. A escada grande, imperial, ameaçadora. Um senhor de uniforme cochilava numa cadeira simples, encostado na parede. A escada era a única alternativa: subir ou retornar para a claridade, para a loja de flores, "O doutor já vai?", para o carro, "Desvira tudo, pode ir", para casa, "Como foi o plantão, meu filho?". Melhor ficar, subir, encarar o meu primeiro morto.

O CAIXÃO ESTARÁ ABERTO, pensei. Vou ver o rosto dele de novo, meu morto. Preciso ver aquele rosto novamente, desta vez sem dor, falta de ar, ressuscitador tentando restaurar o brilho dos olhos. Ao chegar ao cume da escada vi uma sala com a porta encostada. No quadro, letras de encaixar amarelas como de um joguinho infantil ou fachada de cinema de rua antigo, estava escrito o nome de Maria Antonia de Aquino. Não era o meu morto. Não era por minha culpa que choravam lá dentro, pensei.

A sala seguinte estava fechada sem letras que indicassem quem estaria dentro. Abri com cautela, e de novo a claridade chapada do dia cortando os olhos, eliminando a placidez espaço tempo de um ambiente sem data ou local. Depois da luz, nada. Um púlpito, vazio, esperava o próximo morto descansar. Dois sofás velhos, em ele, o couro marrom esfarelando-se nas beiradas, mas lisos, na medida do possível, sem nenhuma memória de peso, sem nenhuma lágrima derramada, apenas um cheiro de purificador de ar baforado ao exagero. A janela, aberta, desnudava o campo de cruzes e lápides brancas do cemitério, o horizonte de silêncio no meio da cidade, a solidez da morte gritando em sua brancura acinzentada pelas décadas, séculos em alguns casos, semanas em outros, dias, horas. Ele morrera há algumas horas.

Debrucei-me no parapeito com o lírio na mão. Chorava. "Seu pai também?" A voz vinha de lugar algum. Olhei para trás e nada. A sala vazia, o púlpito intocado, os sofás sem nenhuma marca, a porta que deixei atrás de mim, encostada. De novo a voz: "Aqui do lado." Do lado direito, na sala seguinte, o meu morto, o filho do meu morto. "O meu foi o meu pai. Tão novo: 54 anos." Então era mais novo do que eu pensava. "Minha mãe está em estado de choque. Minha irmã ficou com ela. Elas só vêm mais tarde. Meu cunhado está tentando que o enterro seja ainda hoje. Eu espero que seja. Que isso acabe logo. Que eu não precise passar a noite aqui sozinho com ele." Assenti com a cabeça, somente isso; o que poderia fazer que não aquilo? Não podia ir embora, não poderia ir para a sala ao lado. Só me restava aquele silêncio de balançar positivamente a cabeça. "Eu nunca enterrei ninguém", ele continuou. "Nem sei o que tenho que fazer. Me falaram que minha família tem espaço aqui, então vim para cá. Eles levaram o corpo para arrumar. Pago por fora? Compro outras flores? Coloco anúncio no jornal amanhã? Mesmo que ele tenha sido enterrado hoje? Como saber essas coisas?"

Ele parou de falar por um minuto. Sei que foi um minuto porque contei. O silêncio se mede em segundos. E segundos se contam sem dedos ou voz. "Sabe o que é mais irônico?", ele disse. Olhei diretamente para ele pela primeira vez. Nos olhos. Vermelhos. Desalentados. "Meu pai saberia o que fazer." E parou, por outros tantos segundos. "Essa coisa de enterro. Meu pai já enterrou meu avô e minha avó. Sabe como se enterra outra pessoa. Eu não sei nada disso."

De repente um barulho de porta sendo aberta e ele sumiu. Um som de abraço, choro convulsivo. Saí da janela, deixei o lírio no sofá e fui embora. Quase correndo. Se pudesse teria saído correndo. Eu precisava ir embora, fugir, desaparecer.

Mas antes a loja de flores, uma coroa em 15 minutos, da mais cara, entrega lá em cima, por favor: "Com muitas saudades, seu filho."

A SEGUNDA VEZ FOI NUMA TARDE, três semanas depois. Atropelamento. Tenho consciência de que não foi culpa minha. O paciente chegou ao hospital apresentando um quadro de hemorragia interna generalizada. Ainda falava quando chegou, coisas desconexas, gemidos de dor. É o tipo de morte que qualquer médico experiente odeia. O paciente já chega morto, mesmo vivo, falando, não há o que fazer. Cantei a hora do óbito minutos depois, o ressuscitador uma medida desesperada de um residente que não queria deixar uma pessoa já morta falecer.

Meu segundo relatório. Preenchi com a seriedade de quem conta uma história, a história da morte de uma pessoa. Não as três linhas do relatório seco do meu ex-chefe, agora promovido, mas com a disciplina de quem relata passo a passo tudo o que foi feito clinicamente para adiar o inevitável.

A família tinha acabado de chegar e ainda não havia sido avisada. Uma enfermeira que acompanhara o caso perguntou se eu poderia passar a notícia ou se era para ela chamar um médico. No tom dela eu lia certa desaprovação. MÉ-DI-CO. Talvez ela achasse que eu não tinha feito todo o possível para salvá-lo. Ou que era fraco demais emocionalmente, não era talhado para aquele tipo de trabalho. Eu nunca havia informado família nenhuma, e aqueles casos eram os piores possíveis, uma morte inesperada, sem o último adeus. Mas resolvi que seria eu mesmo que faria aquilo, e avisei à enfermeira, perguntei onde estavam os familiares, o que eles já sabiam, os procedimentos de praxe.

Eu me aproximei da família, uma senhora de 70 anos, possivelmente esposa do senhor atropelado, e uma mulher de uns 45. Nem abri a boca e a senhora disse que eu era quase da idade do neto dela. Eu nem falara nada, eu, que tentara em vão salvar o marido dela, que aplicara as técnicas corretas, todas, não desistira mesmo num caso impossível, mas não havia jeito, nem o melhor médico do mundo poderia salvar o paciente com hemorragia generalizada decorrente de trauma por atropelamento, eu poderia dizer isso tudo, mas aquela frase inicial me prendeu, secou minha garganta, e o que restou foi a mão que apoiei no ombro da senhora, o choro dela, dela e da filha, eu fizera todo o possível, a culpa não era minha que um carro gigantesco ultrapassara um sinal e acertara em cheio um senhor de mais de 70 anos, que uma picape com grade de metal e dentes raivosos arremessara o marido daquela senhora para o alto e adiante por cinco, dez, cem metros, que no pouso ele batera com as costas no asfalto esfacelando duas vértebras, o rim e o pulmão esquerdo. Eu só consegui espalmar minha mão no ombro daquela senhora e murmurar, fiapo de voz, "sinto muito", depois de segundos, como se a morte daquele marido, pai, avô, fosse algo que acontecera naquele hospital. Não, ele já chegara morto, aquela morte não era minha. Mas minha atitude fez parecer outra coisa, meu constrangimento era de um médico inexperiente, meu rosto de residente tremia, meus olhos quase despejavam as mesmas lágrimas que elas choravam.

Elas se abraçaram e voltei envergonhado para dentro da emergência, de novo o banheiro, a cabine, a falta de ar, o suor. Meu segundo morto.

Minha mãe me acordou como em todos os dias, um beijo na testa, ela era antidespertador, beijo na testa e um sorriso, beijo na testa e o orgulho do filhinho residente que ia virar o primeiro médico da família. A noite havia sido tranquila, nada de pesadelos, o meu segundo morto não viera me visitar. Chegara tarde do hospital e direto para a cama, o sono rápido, o corpo cansado vencendo a briga com o cérebro, nada de conflitos.

A mesa do café posta. Apenas o meu prato. "Meu pai já foi?", perguntei. Ela respondeu que sim, meu irmão também já estava no colégio, mas isso eu sabia, meu irmão saía muito cedo, estudava longe, na Zona Sul, nós morávamos na Tijuca, ele o primeiro a estudar na Zona Sul, a família melhorando de vida. Perguntei que horas eram, e ela respondeu que eram nove horas, e falou que acabara de passar o café para mim, que as torradas com queijo estavam no forno, o iogurte primeiro. Minha mãe sabia todos os meus gostos, todos os meus movimentos, e ofereceu o jornal com os olhos.

"Morreu uma vizinha da sua avó. Li no obituário." Eu tremi, aquela palavra, morte, uma acusação. Morreu. "Acho que o seu avô deveria ir, ela gostava tanto da sua avó. Mas ele disse que não vai. Não gosta de cemitérios. Escreveram um obituário tão bonito", ela disse, abrindo o jornal e me entregando. Eu li, mas não era bonito, era padrão, certamente ditado por telefone por um parente nervoso e colocado nos moldes pela atendente do jornal, a fulaninha de tal deixava saudades nos que ficam, a parentalha toda, filhos, netos, genros, noras, sobrinhos etc. Logo à direita, ali estava: meu segundo morto. O nome dele eu sabia. Mas agora sabia também o da esposa, minha mão espalmada em seu ombro, e o da filha, fiapo de voz, sinto muito, e o do neto, quase da minha idade, apenas três nomes choravam por ele, não o desfile de parentes, netos, filhos, bisnetos, sobrinhos e tios, apenas sua esposa Maria do Carmo Santiago, a filha Marta Maria Santiago e o neto, Pedro Santiago Cunha. Sem saudade no texto, sem despedidas, singelo "com pesar informam o falecimento de...", o cemitério, outro cemitério dessa vez, e o horário, naquele mesmo horário que minha mãe me acordara com um beijo na testa.

Eu sabia que não deveria ir. Mas fui.

Minha mãe perguntou o porquê daquela pressa, só o iogurte, um gole de café, as torradas quentinhas esquecidas no forno. Eu disse que tinha uma palestra importante para ir, um especialista em cardiologia internacional na cidade, imperdível, tinha esquecido. Fui ao quarto e voltei num piscar, saí batendo a porta. Depois voltei, apanhei a chave do carro, tinha esquecido, minha mãe gritando que eu devia ir de branco para a palestra, "médico tem de usar sempre branco, impõe respeito".

Já estava meia hora atrasado, e para o cemitério era chão, mesmo de carro 40 minutos, isso se eu acertasse o local de primeira. Mas atrasado para quê? Um enterro a que eu não deveria ir, uma morte que eu já comunicara. O que eu faria lá? E se me vissem? O médico que trouxera a terrível notícia de novo rondando a família, um urubu assegurando a morte, não deixando o homem nem descansar para salivar em cima do corpo.

Estacionei o carro. Na entrada do cemitério perguntei pelo enterro. Já havia saído. Há um tempo. "Para que lado foram?", perguntei, mas ninguém parecia saber, se importar. O calor no cemitério era indecente, minha testa há minutos beijada agora empapada de suor, minha camisa que não branca começando a grudar no corpo. O cemitério abria-se em um mar de cruzes e lápides divididas por uma avenida central. Caminhei por ela como Moisés deve ter sentido quando cruzou o mar Vermelho após o milagre, a sensação permanente de que aquele milagre que me dava passagem poderia desabar em um mar de mortos a me engolir em gritos de socorro. Mas nem socorro nem silêncio eu ouvia. Nada de choro. Um zumbido, apenas. De carros passando na via expressa logo adiante, de ônibus quicando sem amortecedor pelo asfalto calombado. Caminhei até o final da avenida e nada, ninguém, nenhum enterro, nada de terra remexida, do lado direito lápides mais antigas, dezenas de anos mofando de cinza e musgo sua pele-concreto, do lado esquerdo lápides novas, de mármore, dividindo espaço com velhas, jazigos de família, flores esquecidas num último aniversário de morte, num Dia de Finados quando apenas chuviscou. Olhei para trás e lá estavam, longe, a perder de vista, na entrada do cemitério, minha família, a família do meu morto, apenas os três, todos os três, a esposa, que eu conhecia, aqueles olhos de dor pela notícia que ela sabia próxima, a filha, corpo cansado, ombros arqueados, de preto naquele calor obsceno, e o neto, mirrado, mirradinho, adolescente, abraçado à mãe, apoiado na avó, o neto chorando sem que eu pudesse escutá-lo, longe demais, os carros o silenciando. Os três subiram as escadas da entrada do cemitério de mãos dadas e nunca olharam para trás.

Demorei um pouco para sair dali, o medo de o mar desabar na minha cabeça, ficaria soterrado sob aquele silêncio de zumbidos e calombos para sempre, ninguém sabia que eu estava ali, jamais seria encontrado. Quando voltei, o empregado do cemitério perguntou se eu tinha encontrado o enterro. Respondi que não. Já estava de saída e ele acrescentou. Falei para a família que o senhor tinha vindo para o enterro. Eles esperaram aqui na porta um tempinho para ver quem o senhor era, depois foram embora.

Com o tempo ficou mais difícil encontrar desculpas para visitar meus mortos. Mas eu dava um jeito e nunca ninguém desconfiou. No trabalho eu usava a família; para a família, o trabalho. O equilíbrio natural. Em casa minha mãe me exaltava diante do meu pai nos almoços e jantares que perdia. Meu pai não falava comigo sobre o assunto, mas minha mãe contava, orgulhosa, que ele sorria, ou que fazia um murmúrio de aprovação. E por esse tantinho de afeto eu já deveria ficar nas nuvens.

Começou a morrer mais gente nas minhas mãos, mas eu não entendia se a culpa era minha. Depois do primeiro e daquele relatório, nunca mais a culpa em forma de suor e falta de ar, os gritos. Morrer: rotina natural em um hospital. Ainda mais na emergência, onde eu trabalhava. Diziam até que eu era um bom médico, elogiavam, um ou outro perguntava qual seria minha especialização, prometiam me ajudar. A resposta na ponta da língua: cardiologia.

Quando pensei em ser médico pela primeira vez, muito novo, empurrando ambulâncias de brinquedo, i-om i-om i-om no tapete da sala, não entendia que médico não podia ser só médico, tinha que ser médico de alguma coisa. Minha mãe me contou, pressionando: "Você quer ser médico de quê?" De brinquedos não valia, então respondi que de gente. Mas também não valia, não era suficiente. Ela sorriu, encantada, dizendo que eu tinha que escolher uma parte do corpo para ser médico, apenas uma. Parte do corpo que eu conhecia era cabeça e coração. Se fosse meu pai que tivesse feito a pergunta, escolheria cabeça. Mas para mamãe respondi coração.

Fui me aperfeiçoando no metiê. Se o horário de óbito era depois de meio-dia, o enterro geralmente seria pela manhã, e só era preciso olhar nos jornais do dia seguinte. Para óbitos matutinos ou no plantão, só havia um jeito: descobrir no necrotério do hospital para onde o corpo seria levado, e a que horas sairia o enterro. Na primeira vez achei que estranhariam a pergunta. Estava enganado. O responsável desembuchava por uma xícara de café sem fazer perguntas. Na segunda vez o responsável era outro; na terceira, também, emprego complicado, rotatividade, e ninguém nem aí para o problema de informar para onde o corpo seguiria. Ainda mais para um médico. O que um médico pode fazer que desagrade um morto?

Evitava velórios. Mesmo quando eu mesmo não contava para as famílias a má notícia, tinha medo de que alguém me reconhecesse dos corredores, estranhassem, a pergunta com uma sobrancelha arqueada ou palavras: de onde conheço o senhor?, de onde o senhor, doutor!, conhecia meu pai, minha mãe, minha tia-avó? Enterros são mais limpos, as lágrimas nublando os rostos, óculos escuros guardando distâncias, claridade iluminando até me apagar, testemunha silenciosa.

Até o dia em que voltei para casa, virado de um plantão seguido de enterro, e o apartamento estava vazio.

Entrei em casa e estranhei aquele silêncio pegajoso de final de manhã. Falar de silêncio palpável não seria exagero. Nem pieguice. O apartamento parecia não respirar, as janelas abertas e a falta de vento do verão, o ar parado de bafo quente. Mas tudo igual a sempre. A louça do café lavada ao lado da pia, secando. Nem sinal de mamãe na cozinha. No banheiro os jornais do dia espalhados no bidê, papai acordava assim sábados, domingos e feriados, como aquele, café da manhã seguido de digestão com letras. No quarto deles, ninguém, no de meu irmão, nada, nem no meu. Bilhete, nenhum. Procurei na minha cama ou na porta da geladeira, únicos locais possíveis.

Eu pressentia algo errado, mas o que fazer senão esperar? Apanhei um achocolatado na geladeira, liguei a televisão e sentei no sofá. Eu podia conjecturar o que tinha acontecido, tentar telefonar para meu avô e perguntar se ele sabia onde eles estavam. Mas não. Entreguei-me à modorra daquela casa sem barulho ou vento e fiquei assistindo a desenhos sem som, apenas o colorido passando, frenético, fazendo cosquinha nos meus olhos cansados. Até que cochilei.

Era um dia para não ser esquecido: 31 de dezembro. Eu não trabalharia no dia 31, mas: mudança de planos. Um morto no dia 30, logo no início do expediente. Meu morto. Poderia ir para casa e madrugar no enterro na manhã seguinte. Mas como driblar mamãe num 31 de dezembro? Procurei um colega que estava desesperado por uma folga e fiz negócio. O plantão daquela noite, 30 para 31, por dois plantões em janeiro. Ele agradeceu, quase me beijou, e foi embora. Eu fiquei. Foi uma noite calma. Tive tempo até de dormir entre duas e cinco da manhã. Às oito horas fui rendido e direto para o cemitério. Assisti a tudo a distância, eu quem dera a notícia, e não consigo lembrar nada relevante que tenha acontecido naquela manhã. Acho que estava sol, mas não muito. Não lembro de ter sido reconhecido, de ter falado com alguém, de ter pensado por que estava ali, ou por que estivera de plantão no hospital quando poderia estar em casa. Foi tudo automático. Naquela época tudo era automático e eu não me perguntava por que fazia aquilo, se era certo ou errado, o que eu ganhava ou perdia com as idas aos cemitérios. De fato, eu não entendia por que eu ia ao cemitério se nem via os mortos pela última vez. Sempre a distância, observando, pressionando para que o adeus deles a este mundo fosse silencioso.

 O telefone tocou três vezes antes que eu conseguisse ter forças para me mover. Na primeira tocou dentro do meu sonho. Eu sonhava, mas não sei com o quê. Nunca lembro dos meus sonhos, essa vez não foi exceção. A segunda, já de olhos abertos, confirmação. A terceira apenas a demora para me mover. A quarta não veio, o telefone ao alcance da mão, a mão empunhando o aparelho. Meu avô.

 "Onde você estava?"

 "No hospital", respondi no automático.

"Ligamos para lá e você saiu às oito."

Ligamos, pensei, curioso com o plural majestoso que meu avô nunca usava. Eu deveria dar uma resposta, mas fiz uma pergunta.

"Ligamos quem?"

"Eu e sua mãe."

"E onde está minha mãe?", nova pergunta.

E então ele me contou. Acho. Não lembro a frase, as frases, a ordem cronológica das falas, se ele me preparou com a história de o gato subiu no telhado, seu pai subiu no telhado, seu pai estava jogando tênis com seu irmão. A televisão ainda ligada, desenhos, desenho: Pica-pau. Ele sorria. Mesmo sem volume sua risada no meu ouvido esquerdo, no direito meu avô me contando que meu pai morrera, ataque cardíaco fulminante jogando tênis com o meu irmão.

"Meu pai morreu", eu repetia em voz alta. A frase, o peso: "Meu pai morreu." "Meu pai morreu." Mas aquilo não tinha peso, ao contrário, era forçado. Eu repetia a frase como repetia números de telefone para decorá-los, ou fórmulas de química no colégio, sintomas e nomes de ossos na faculdade. Não queria dizer nada. Signo e significado não se encaixavam, não pareciam feitos para se encaixar. Eu repetia "Meu pai morreu" e não o imaginava no chão, estirado sem vida, no caixão. Eu imaginava a frase, as palavras passando, letra por letra, uma pessoa-sombra sentada em frente a uma máquina de escrever, batucando a frase "Meu pai morreu" seguidas vezes, depois a frase em neon num anúncio luminoso, ou escrita em giz no quadro-negro.

Meu irmão sempre odiou esportes. Não gostava de jogar tênis, nem futebol, nem vôlei. Meu pai nunca jogava tênis com ele. Poderia ser eu e não o meu irmão que estivesse jogando tênis com o meu pai, deveria ter sido eu. Por um segundo pensei: ainda bem que não fora eu. Imagina ver seu pai morrer na sua frente? Meu avô contou que meu pai morreu de ataque cardíaco fulminante. Ele tinha 48 anos, idade perfeita para ataques cardíacos fulminantes. "O que você quer ser quando crescer?", a pergunta. O que eu era naquele momento? Um filho que não chora, um filho residente, quem sabe cardiologista, eu repetia quando perguntado, mas ainda não, agradecendo que não fora eu o filho na quadra de tênis. Meu irmão viu nosso pai morrer, nunca vai esquecer disso. Mas talvez possa conviver com o fardo. Eu não poderia, tenho certeza, ele morreria de qualquer jeito, e eu não seria somente o filho que estava jogando tênis com o pai que morreu de ataque cardíaco fulminante, eu seria o filho médico que nem sequer conseguiu salvar o pai quando este teve um piripaque qualquer.

Médicos servem para salvar vidas, o senso comum repete. E que vida pode ser mais importante do que a do próprio pai? A vida de meu pai em minhas mãos e ele morto mesmo assim. Todo o estudo, residência, plantões, dinheiro investido, paciência, e no momento mais importante da minha vida eu fracassaria, tenho certeza.

Eu nunca tinha ido àquele cemitério, não tinha nenhum morto meu lá. O enterro da minha avó em cemitério católico, o mesmo do meu quinto morto, a loucura da velha convertida. Quando fomos ao enterro de minha avó, eu e meu avô no banco de trás. Ele mudo, eu calado. Minha mãe, na frente, também nada falava. Marquinhos não foi. Era novo demais, segundo minha mãe. Meu pai dirigia. E falava. Pouco, mas falava. Reclamava do calor, da localização do cemitério, do tal padre que minha avó mandara chamar, do disparate que era minha mãe concordar com aquela sandice de enterrar dona Ana em cemitério católico. Ele não parava de repetir que a sogra morrera maluca, "Maluca!", gritava, sem reconhecer ninguém. Era óbvio que já estava doida quando quis se converter dois anos antes. É possível, eu pensava agora, como médico, é possível. Mas não foi o que aconteceu. Ela se convertera por algum outro motivo que jamais entendemos. Ou fizemos força para não entender. Um disparate, sandice, maluquice. Soa melhor assim. Mas ela não desistiu.

Quatro anos depois. Meu avô calado, sozinho no banco de trás. Minha mãe calada, no mesmo lugar, no mesmo carro. Dessa vez com o rosto virado para a janela, chorando. Enxugava as lágrimas antes mesmo de derramá-las. Quatro anos: do banco de trás para o do motorista – eu. Calado.

Marquinhos não foi novamente. "Já viu demais", disse minha mãe. Ele não fez menção de contradizê-la.

Meu pai morreu de manhã e foi enterrado no mesmo dia. Os jornais ainda espalhados no chão do banheiro, a camisa que vestia cheirando a suor trazida de volta do hospital, rasgada, a raquete com a marca de sua mão direita na empunhadura. Mas não havia jeito. Era sexta-feira. Se não o enterrássemos logo, só no domingo pela manhã. Para os judeus não é permitido enterrar seus mortos no shabat. Não tivemos tempo de avisar quase ninguém, colocar anúncio fúnebre. Um enterro corrido, um dia que acaba cedo, 31 de dezembro.

O rabino já estava lá de outro enterro. Ele não tinha cara de homem santo. "Precisamos de 10 homens judeus para carregar as alças do caixão", ele disse. Nem saímos do carro e a ordem. "Nós não temos", sofreu minha mãe. Desta vez chorava, sem timidez. O rabino abaixou a cabeça. "Quantos temos?", perguntou. Os olhos passaram por meu avô, por mim, com ele já eram três. Três amigos do meu pai chegaram num táxi. Nenhum deles era judeu, mas quem saberia? "Temos seis?", disse o rabino em voz baixa. "Temos dez", meu avô respondeu. "O senhor me dê alguns minutos que poderemos começar a cerimônia." O rabino sorriu, minha mãe sorriu, eu, não. Quem seriam os outros quatro, pensei?

Minutos depois eu levava a alça dianteira, junto com o rabino. Meu avô e os três amigos de meu pai em dois pares na sequência. As duas duplas de trás, quatro coveiros que meu avô pedira o obséquio de ajudar. O rabino não falou nada. Mas sorriu novamente. Homem prático, da mesma geração de meu avô. E assim meu pai foi enterrado.

Meu último morto.

AMANHÃ

PATRICK E MARQUINHOS

Deixo o Skype ligado o dia todo, estando em casa ou não. Tem vezes que coloco offline uns dois ou três minutos e depois entro novamente, para ver se alguém me nota. Tem também o Face, checo de hora em hora, atualizo meu status, curto as novas fotos e mensagens, deixo comentários, investigo os perfis das meninas mais bonitas do colégio, especialmente o da Pri, o da Marcinha e o da Joana. As da turma B, a Gisele, a Duda, Michele. Depois faço o mesmo no Twitter, mas lá nunca escrevo muita coisa. O e-mail eu configurei para entrar direto na minha caixa do Outlook e fazer um som irado quando chega novidade. Mas quase sempre é spam, aí deleto direto.

Chamo isso de meu tour. Vejo se chegou e-mail, depois o Skype, Face, Twitter. Aí checo o e-mail de novo, e o Face. Tenho um segundo e-mail, para um perfil secreto que criei para uma conta fake do Face. Checo esse também, mas lá nunca tem nada. Já fiz meu tour cinco vezes seguidas. Nenhum contato pessoal, e-mail, comentário, Skype piscando.

A galera aqui do prédio está lá no play. Escuto os barulhos de violão, as risadas mais altas, os gritinhos das meninas – todas feias. Cheguei à varanda, com a luz apagada, e olhei; ninguém me viu.

Minha mãe, sim, me viu na varanda e perguntou se eu não ia descer, "Sexta à noite", ela disse. "Você tem 13 anos, Patrick, aproveita a vida." Ignorei minha mãe, não falei nada. Fui para o quarto e chequei novamente o e-mail, Face, Twitter, Skype. Nada.

Hoje era a festa da Joana, a garota mais bonita da sala. Talvez não a mais bonita, mas a que eu acho a mais bonita, tem toda uma diferença nisso. Ia ser numa boate perto do Paulistano. Ouvi os garotos da sala comentando que iam, combinando roupa, carona para ir e voltar. Mas eu não vou. Sequer convidado. É uma festa aberta. Poderia me arrumar e ir. Minha mãe daria o dinheiro para o táxi, ou provavelmente me levaria. Mas chegar lá sozinho? Não ser notado por ninguém, ficar me empanturrando de refrigerante esperando a hora passar encostado na parede? Pior: ver a Joana ficando com o Rodrigo, o garoto mais marrento da série. De jeito nenhum.

Chegou um e-mail.

...

Spam.

Não que eu seja gordo. Não sou. Mas magro, magrelo que nem os outros eu também não sou. Ano passado isso tinha pouca ou nenhuma importância, porque o Geraldo Bolo-fofo impossibilitava qualquer comparação de gordura com os outros da turma. Era enorme, um saco de banhas, alto, pesado, parecendo um hipopótamo. Um dia o Bolo-fofo começou a se autodenominar Touro, tentando suavizar o próprio apelido. "Deixa que o Touro faz", "O Touro vai agarrar dessa vez", mas Touro não era, jamais, hipopótamo talvez, elefante, mas uma vez Bolo-fofo, Bolo-fofo para sempre; pelo menos o para sempre da escola.

Sento geralmente no fundo da sala, do lado esquerdo – os alunos mais descolados, que já têm namorada, fumam cigarro e maconha, saem à noite às sextas e (!) aos sábados, ficam na parede da direita, também no fundo. Lá longe. Pelo menos não sento na frente. Me recuso. Seria estereótipo demais.

O Bolo-fofo repetiu de ano, segue estudando no colégio, mas à tarde. Nós passamos para a manhã, no horário das últimas séries da escola. Só a transferência de um aluno de outra turma ou colégio me salva.

Eu sabia que isso ia acontecer desde o início das férias, quando descobri que o Bolo-fofo repetira direto. O Pedro também repetiu, meu melhor amigo na sala, minha dupla consagrada nos trabalhos. "Lá vêm o PP", diziam, nós sempre juntos. Patrick e Pedro. Coitado, nunca fui uma boa dupla; sempre um bom aluno, mas preguiçoso. Nas provas ia bem, mas nos trabalhos não me esforçava. E o Pedro acabou repetindo. Ele não ia bem nas provas; nos trabalhos, nos carregava com sua desinibição de palhaço tímido, acuado, que faz graça para se proteger. Nas apresentações orais de trabalhos eu nada ou pouco fazia por ele; nas provas ainda tentava, sem sucesso.

"Não dou cola", dizia, firme. Não sei dar cola, a verdade. Tentei algumas, várias vezes, mas não tirava o corpo da frente o suficiente, não sabia sussurrar as respostas, passar a opção certa das múltiplas escolhas escrita na borracha. Até que desisti, Pedro desistiu. Foi sentar atrás do Bolo-fofo, que sabia dar cola, colar; mas era burro como uma porta, hipopótamo, touro e repetiu, repetiram.

Quando a porta se fechar, a sineta anunciar o horário da primeira aula, eu serei, oficialmente, o aluno mais gordo da turma. E eles logo descobrirão, questão de tempo. Fiz regime em dezembro, perdi três quilos em duas semanas, mas aí vieram o Natal, Ano-Novo, entre eles o aniversário da avó Celina e seus doces, e os quilos perdidos viraram três ganhos, a balança e o espelho do banheiro como testemunhas. Em janeiro os dias de férias, a falta de companhia, do que fazer fora de casa, o novo jogo de Playstation 3 que ganhei no Natal e fiquei viciado, me trouxeram mais quatro quilos, sete no total, 78 no meu corpo de 1,71m: gordo!

Tudo na vida é rotina. A cada passo que dou sei de antemão com que tipo de atrito o chão revidará. Meu cérebro premedita meus movimentos, e posso andar metros, dias, de olhos fechados sem esbarrar nos outros, nas coisas, no que não se vê (nem quando estamos sozinhos com os nossos silêncios). Minha mãe não concorda com minha teoria da rotina, me chama de pessimista, diz que nasci velho, preciso conhecer o inesperado. Desde que se separou do meu pai anda de cima a baixo com livros de autoajuda, arrota frases e ensinamentos como se a vida dela fosse ótima. Não é.

A minha rotina é a mesma de muitos outros da minha geração nas primeiras horas do dia. Acordo dormindo às seis e meia, tomo banho dormindo, pão com manteiga, cereal com leite e Nescau dormindo, rock no volume mais alto do iPod dormindo, ônibus dormindo, aula.

Quando acordo, às nove e meia, é a hora do recreio. E aí a rotina é só minha, a teoria é testada. Os garotos da sala saem correndo para jogar futebol ou babar no ouvido das garotas as mentiras mais sinceras que conseguem formular em seu vocabulário de gírias e gírias. As garotas se dividem entre as que têm as orelhas babadas e as que não têm. Essas falam mal das primeiras, que sorriem em escárnio das outras.

Quando o sinal toca, o recreio começa, sou o único que não sorri. Não que goste das aulas; não gosto. Mas o recreio é o improviso, a separação por grupos, e grupos não tenho ou pertenço. Adio cada passo, mesmo os premeditados. O dinheiro do lanche – sempre o mesmo, cachorro-quente e Coca, dois chicletes com o troco, sobremesa – poderia já estar separado; não está. O sinal toca, todos somem. Eu procuro o dinheiro no bolso grande da mochila, mesmo sabendo que coloquei no pequeno, como todos os dias.

Devagar, levanto da cadeira, acerto os passos, perna direita sempre dando os passos que cruzam linhas no chão, superstição pessoal. No banheiro, entro na terceira cabine, a penúltima a contar da porta de entrada. Às vezes algum garoto está no mictório, mas passo direto, sequer cumprimento. Até a quantidade e o tempo de mijo são quase sempre iguais, o leite do Nescau derramado. Na saída, lavo as mãos, balanço-as no ar – não confio na toalha amarela eternamente úmida que deixam lá – e passo-as na nuca para tirar o excesso de água.

Desço os dois lances de escada como quem procura adiar o inevitável. Os rumores de algazarra e felicidade aumentam, abafam meus ouvidos, atrapalham minha concentração em automatizar a rotina. Cruzo o pátio fingindo um descomprometimento com tudo e com todos. Quando tenho sorte, a fila está grande; nos dias que tenho ainda mais sorte, o último está sozinho e é algum conhecido com quem me permito trocar um aceno ou até um papinho sobre o tempo, a péssima qualidade do lanche, a proximidade das provas. Mas raramente dou sorte, e acabo calado, cabeça baixa, enquanto a fila escoa com relativa rapidez – todos comem as mesmas coisas todos os dias.

Enquanto espero o cachorro-quente estrilar na chapa (o pão de toda a escola queimado na casca inferior), me permito levantar a cabeça e averiguar os grupos, suas divisões, subdivisões. Tento imaginar onde posso me encaixar, me esconder. Ensaio correr para casa, me cobrir de escuridão debaixo da cama, ver as horas passarem ligeiras, mas ainda 20 minutos pela frente – 20 minutos! Sanduíche na mão, Coca na outra, canudo na boca.

Solidão.

Nesta hora a rotina me ofende com o seu desprezo, neste momento não sei para onde correr. E se todo mundo virar os rostos em minha direção, gargalhando da minha solidão contagiosa, adolescente, neste recreio infernal? Vou andando e não vejo rostos amigos, apenas pessoas que se viram quando passo – ou nem se viram, não me veem. Não, isto seria melhor. As pessoas, os adolescentes, os adolescentes como eu, mas divididos, subdivididos em grupos, me olham, mas não me veem.

Eu caminho com as mãos ocupadas, cachorro-quente e Coca, e penso que só queria colocar as mãos no bolso, ou que alguém se aproximasse de mim para me perguntar as horas ou até pedir para copiar o dever de casa que vale nota. Mas não tenho relógio, não fiz dever nenhum, ninguém me para. Caminho, caminho, caminho, o tamanho deste pátio é apenas uns cem passos, mas parece que são dias, anos, noite gelada. Paro, congelo – "Onde sentar, meu Deus, onde posso ficar sozinho?" Faço um malabarismo com as mãos, mordo o cachorro, tomo a Coca, mordo o cachorro, tomo a Coca. Desculpas. Apenas ganho tempo, faço correr segundos, milésimos, quero um lugar para sentar longe de todos, perto de alguém; quero passar despercebido; mais: quero que o recreio acabe; mais: não queria ser assim.

A professora avisou que entre o segundo e o terceiro tempo não teríamos intervalo, que neste horário escutaríamos uma palestra com um enviado do governo israelense. O burburinho começou e a aula não rendeu mais. Parecia até um disparate termos aula de hebraico, nosso hebraico rudimentar, quando em alguns minutos um israelense de verdade falaria conosco. Eu nunca tinha visto um israelense. Para ser sincero, na sala poucos deveriam ter visto um. Éramos judeus, mas brasileiros, a maioria completamente aculturados, apesar de ainda arraigados em tradições que começavam a perder o sentido: estudar para o bar mitzvah, por exemplo. A minha família era toda judaica, mãe, pai, avós, mas dos dois lados da família éramos judeus de terceira geração no Brasil. Até mesmo meus quatro avós, três deles mortos, tinham nascido no país. E os que tinham vindo antes eram da Europa, Polônia e Ucrânia, não de Israel. Quando soube que um israelense viria em nossa sala pensei em rabi Shlomo, um senhor de barba branca, voz áspera e fala pausada. Mas a pessoa que entrou na sala, e se apresentou falando um portunhol de dicção confusa e rápida, era jovem, tinha a voz fina e anasalada, um tom acima do educado, pele queimada e nariz adunco. Se tivesse que chutar, diria árabe, ou talvez um filho de espanhol casado com uma índia. A professora o apresentou como Davi. Não sei se porque não entendeu a apresentação ou porque tinha um discurso ensaiadinho, ele repetiu: "Me chamo Davi. Obrigado por me receberem. Gostaria de falar com vocês sobre a aliyah. Vocês sabem o que é aliyah?" A turma respondeu com um silêncio respeitoso. A professora não gostou nem um pouco daquilo e falou para o visitante que nós sabíamos, sim, o que era aliyah, que devíamos estar com vergonha, mas que ele podia prosseguir. Davi não deu muita bola para a professora e explicou, sucintamente, o que era aliyah: "Trata-se do retorno dos judeus a Eretz Yisrael, nosso destino a ser realizado." Ele parou por um segundo para que pudéssemos sentir o peso daquelas palavras. Destino, ele disse. Depois olhou para um papel que tirou do bolso. "Pelo que tenho aqui em meu papel, essa é uma turma de garotos e garotas de 13 anos. Quantos aqui fizeram ou estão estudando para o bar mitzvah?" Quase todos os garotos levantaram a mão, o que fez o visitante sorrir. "Mazel tov. Israel precisa de vocês. Somos uma nação jovem, com muitas oportunidades, mas que também precisa de braços, pernas e mentes para se desenvolver e se proteger. Como sabem, infelizmente, temos países em todas as fronteiras que desejam nos esmagar. Até hoje conseguimos defender Eretz Yisrael, mas basta uma derrota para que nosso sonho de retorno ao local sagrado tenha fim." O silêncio tinha peso e forma. Ele não nos convidava apenas para emigrar; era um chamado para a guerra. Naquele ano mesmo estudáramos sobre a Guerra de Yom Kipur e a Guerra de 1973. Na mochila de cada aluno um livro com a biografia de Moshe Dayan, o famoso general que venceu as batalhas.

"Não digo", de novo ele, "para fazerem a aliyah agora, mas para começarem a pensar no assunto, aqui no colégio e em casa." Daniel, um garoto alto, narigudo e cheio de espinhas, repetente, perguntou com quantos anos ele poderia ir. Davi sorriu pela primeira vez. "Ainda não é sua hora, mas deixe-me contar a minha história." Falou que era argentino, tinha 23 anos – estávamos tão entretidos que a revelação de que ele não era de fato israelense não nos afetou –, feito a aliyah com 18 e estava no exército quando da Intifada. Parou para esperar o espanto de "ooohhh" cessar. "Depois de completar meu tempo no exército passei a me dedicar a fazer o trabalho de falar sobre a aliyah em países da América do Sul. Mas meus companheiros de pelotão são hoje estudantes de engenharia, medicina, direito, professores, carteiros, donos de lojas. Ainda carecemos de tudo em Israel e oportunidades não faltam." Davi olhou para o relógio e depois se despediu. "Bem, essa era apenas uma primeira conversa. Passarei a semana no colégio falando em todas as turmas de 13 a 18 anos. Vocês são o futuro de Eretz Yisrael, não se esqueçam, e o futuro dos judeus do mundo todo é lá." Fomos intimados, pensei. "Caso queiram saber mais sobre a aliyah me procurem durante a semana. Tenho bons panfletos explicativos", e passou um bolo para o primeiro de cada fileira, eu inclusive. Quando me entregou o papel olhou diretamente para mim e perguntou meu nome: "Pode ser bom para você, Marquinhos."

O INSPETOR ABRIU A PORTA e cochichou alguma coisa no ouvido do Augusto. O professor escrevia no quadro sobre a colonização do Brasil, capitanias hereditárias, bandeirantes, uma repetição anual desde o sexto ano, sempre a mesma matéria, história do país sempre começando do zero, Descobrimento, e avançando devagar pelos séculos, nunca chegando perto sequer do XX, imagina do XXI. Mas eu gostava daquela repetição, da sensação de conforto de assistir a uma aula em que o professor ensinava uma matéria que eu já sabia. Eu prestava atenção, talvez só eu prestasse atenção, mas uma onda de cochichos veio crescendo da porta, cruzando toda a sala. O professor ainda absorto naquela aula mil vezes dada, naquela aula mil vezes apreendida pelos alunos, um número infinito de alunos na carreira de um professor de história velho, uma aula de história velha, e os cochichos correram do inspetor para o Augusto, para a Paula, Priscila, Aline, Serginho e eu sabia que aquele cochicho iria terminar em mim, e já estava no Jonas, mas eu refiz com os olhos o caminho contrário, Jonas, Serginho, Aline, Priscila, Paula, Augusto e o inspetor. E todos olhavam para mim. Inspetor, Augusto, Paula, Priscila, meus olhos pararam uns segundos nela, linda, a segunda mais bonita da sala no ranking do ano anterior, ela olhava para mim, pela primeira vez, quem sabe, ela olhava direto nos meus olhos, e eu nos dela, até que desviei, não aguentei aquele calor de olhos escuros, feições puxando um parente indígena distante, alguém dizimado pelos portugueses que o professor de história agora falava sem plateia, e meus olhos correram por Aline, Serginho, Jonas, o seguinte deveria ter sido Cláudio, que também olhava para mim, Rafael, idem, e uma voz cochichou no meu ouvido "A diretora quer falar com você agora", e essa voz era de Joana, e Joana era absurdamente bonita e aquela voz no meu ouvido não formava palavra, sentido, apenas beleza, e eu sorri, sorri com os olhos, com a boca, com todo meu corpo, e ela franziu a sobrancelha, incrédula, e repetiu, dessa vez de um pouco mais longe, o corpo retesado à cadeira, a voz sussurrada, outra voz, mas que bela voz ainda, "A diretora quer falar com você agora", e talvez eu tenha entendido o sentido daquilo, mas possivelmente não, o eco da voz repetindo mil vezes, "A diretora quer falar com você agora, a diretora quer falar com você agora", e as cabeças virando, uma a uma, Joana, Rafael, Cláudio, uma a uma, de mim para o inspetor, uma a uma, Jonas, Serginho, Aline, e meu sorriso ao invés de ceder ficou suspenso no ar, Priscila, Paula, Augusto, e o inspetor encontrou meu olhar e fez com a mão o sinal de vem, e eu fui. Levantei, dancei pelas cadeiras, todos me olhavam, Joana me olhava, Priscila me olhava. O inspetor abriu a porta, mas uma voz me interceptou: "Ei, aonde você pensa que vai, Patrick?" O professor. "Aonde você pensa que vai?", ele repetiu. Ou não repetiu, ainda o eco da voz de Joana, daquela corrente de vozes passando o meu recado, toda a sala mobilizada naquilo e eu falei: "A diretora quer falar com você agora", e todos riram, alto, todos riram, com eco, todos riram, o professor levantou a sobrancelha grisalha, peluda, as linhas do tempo formavam ondas na testa dele, repercutiam aquela frase continuamente, repetidamente: "A diretora quer falar com você-comigo, comigo, comigo", e saí da sala, ainda os risos, as ondas de ruga da testa dele pendendo no ar.

"Você acha que a paz é possível?", perguntei. Ele revidou com outra pergunta, outro sotaque: "Marquinhos, você sabe por que Moisés andou 40 anos pelo deserto antes de chegar à Terra Prometida?" Ele reparou na minha indecisão e continuou: "Moisés sabia o caminho e obviamente 40 anos é demais para qualquer viagem. Mesmo errando o trajeto centenas de vezes, é só pegar o mapa para ver que o Egito não fica tão longe assim. Ele fez com que a viagem demorasse 40 anos para que a geração que chegasse à Terra Prometida fosse outra, mais jovem, e que não estivesse acostumada com a escravidão. Os que acompanharam Moisés na saída do Egito e arrebentaram os grilhões da escravidão eram bravos, pios, mas eram escravos no coração e poderiam voltar a ser: uma vez escravizado, para sempre escravizado na alma." Eu fiz que sim com a cabeça, impressionado. "A história de Eretz Yisrael tem várias lições deste tipo. Você conhece a história de Massada?" "Sim", e contei o que sabia. Ele aquiesceu. "É mais ou menos por aí. Temos que manter o limite que eles estabeleceram. Não podemos aceitar a escravidão." "Nenhum povo pode", e me arrependi ao dizer. Mas Davi concordou, satisfeito. "Nenhum povo pode, e por isso os árabes nos querem longe de lá, a qualquer custo. Para eles, nós somos invasores. Eles farão de tudo para nos expulsar." "Então a paz é impossível?" Davi se viu encurralado e levantou, dando um tapinha no meu ombro para que eu também levantasse e voltasse para a sala. "Quem sabe se passar uma geração?", ele disse, e sorriu. Eu devolvi o sorriso condescendente. "Guerras levam a guerras. Enquanto um soldado tiver um pai, irmão ou filho que tenha sido morto pelo inimigo, a paz será impossível." Eu baixei a cabeça. Tinha entendido. "Não quero que desista da aliyah. Pense mais um pouco no assunto. Mesmo que a paz não seja para a nossa geração, sem nossa geração não teremos Eretz Yisrael para que a próxima, ou uma geração daqui a 40 anos, possa viver em paz."

"Senta", a diretora disse, apontando uma das cadeiras que ficavam em frente à mesa dela. Eu ainda parado no umbral da porta, preso, estático, os olhos correndo pelas duas cadeiras. "Senta", repetiu, séria. "Em qual delas?", perguntei, e ela respondeu, "Qualquer uma, Patrick, precisamos conversar um pouquinho." Puxei a cadeira da direita, ela colocou os óculos, tirou um papel de uma pasta e voltou a olhar para mim, ainda de pé, segurando a cadeira: "Posso sentar nesta outra?", perguntei, apontando com os olhos para a da esquerda, e ela disse que sim.

Sentei.

"A outra estava um pouco suja", menti. Não tinha nada de errado, mas não queria sentar nela. "Vou pedir para a faxineira limpá-la depois", ela disse. E continuou: "Você sabe por que te chamei?" E virou o papel que antes escondia sobre suas duas mãos espalmadas: minha prova de matemática.

"Fui mal na prova?", arrisquei. "Bem, você tirou quatro. Não é uma boa nota, especialmente para você, que sempre foi um excelente aluno." Pausa, olhar de reprovação meticulosamente calculado. "Mas mesmo assim está acima da curva da turma."

Relaxei um pouco na cadeira, meu corpo cedeu e escorregou no encosto, quase se diluindo. "Mas não foi pela nota que pedi para te chamar no meio da aula", ela disse, e de novo meu corpo a postos, ereto na cadeira, trincado, os músculos distendendo-se ao extremo na posição.

"Pedi para te chamar para conversarmos sobre a sua prova", prosseguiu, e eu reparava que ela escolhia as palavras com cautela – pedi, conversarmos, excelente aluno.

"O que tem minha prova?"

"Não sabe mesmo?"

E empurrou o papel na minha direção.

"Eram três questões: a primeira valia quatro pontos; a segunda e a terceira, três. Você acertou a primeira questão. A professora Fátima disse que você foi um dos cinco únicos que acertou a primeira questão, aliás, mas depois..."

"Depois?", repeti a palavra, com entonação de pergunta, suspense, mas ela não entendeu.

"Então, Patrick, e depois, o que houve?"

"Eu queria muito acertar essa primeira questão!"

"Sim, e acertou."

"Fico feliz. Queria mesmo acertar, e pensei que estava resolvendo errado."

"Não achou que tinha acertado?"

"Não", eu disse. "Tinha dúvida."

"Olhe a sua prova."

Empurrou um pouco mais o papel.

Eu empurrei de volta.

"Não precisa, fiz a prova, sei o que escrevi."

"Então me explica", ela disse, agora o rosto incerto, pesando entre a pena e a irritação.

"Explicar o quê?"

"Por que repetiu a resolução da mesma questão seis vezes na prova."

Ela empurrou o papel novamente, todo rabiscado, a primeira questão com a resposta correta, o símbolo de certo, quatro pontos, mas no espaço do segundo problema matemático, a mesma resposta. A resolução da primeira novamente, e um risco vertical no meio, e do lado direito a mesma resolução, a mesma resposta, e na terceira, dois riscos verticais, colunas, e três resoluções da mesma questão, não límpidas, mas sujas, rabiscadas, como se cada vez que eu repetisse a resolução da mesma primeira questão ela ficasse mais difícil.

"Quer me explicar, Patrick?"

"Eu queria muito acertar essa questão", repeti.

A diretora alternava o olhar do papel para o meu rosto, para o papel, para o meu rosto, como se esperando algo mais, mas mais eu não tinha para dizer. E arrisquei, gaguejando.

"Eu, eu..."

E ela olhou só para mim, seus olhos presos nos meus, na minha boca.

"Eu, eu, eu, eu queria muito acertar essa questão."

Levantei, deixei a prova em cima da mesa.

Fiquei de pé esperando a permissão para sair.

Ela disse, séria: "Precisarei falar com a sua mãe. Peça para ela vir aqui amanhã às nove, ok?", e escreveu a mesma coisa num bilhete que me entregou.

"Ok", confirmei.

E saí.

No último dia de Davi no colégio fui procurá-lo novamente. Tinham improvisado uma salinha ao lado da diretoria para ele, antes um depósito de livros e provas. Davi tinha abandonado o terno e agora vestia uma camiseta social branca, sem manga ou gravata. Estava sentado a uma escrivaninha de madeira escura, lendo um jornal israelense. Pela primeira vez o via de óculos, desatento, sem a guarda armada do charme do recrutamento. Olhando assim ele parecia ainda mais mundano, jamais seria confundido com um soldado. Parei no umbral da porta, indeciso. Sem tirar os olhos do jornal, ele disse: "Vejo que voltou, Marquinhos." "Quarenta anos é muito tempo", disse. "De fato. Mas não precisa durar quarenta anos." "Ainda segue sendo muito tempo para lutar uma guerra que não será mais para mim." Ele dobrou o jornal e colocou em cima da mesa. "Você sabe que a Torá pode ser interpretada de diversas maneiras?" Deixei que prosseguisse. Davi levantou da cadeira, contornou a mesa e pegou o jornal novamente. "Você sabe ler hebraico?", e apontou para a manchete. Eu disse que sabia muito pouco, apenas o suficiente para fazer o bar mitzvah, e mesmo assim tinha decorado mais do que aprendido. Minha voz saiu baixa, tinha vergonha. Davi colocou o braço em torno do meu pescoço e me puxou contra ele, vigoroso mas com carinho. "Não tenha vergonha, Marquinhos. Eu leio para você."

Continuávamos abraçados. Era bom. Eu gostei daquela sensação de segurança. "Aqui diz: 'Israel e ALP farão nova reunião para acordo de paz'." Dava para ver que ele estava feliz com aquela notícia, ele certamente estava feliz com aquela notícia. Eu também fiquei, não porque não precisaria mais de guerra para fazer a aliyah, mas porque ele me apertou mais forte num abraço e pude sentir o cheiro do seu perfume. Doce. Ali estava um soldado do exército israelense me abraçando e ele tinha um aroma doce no pescoço. Tive vontade de beijá-lo. "Talvez não demore quarenta anos, afinal. Talvez baste que mais um país árabe reconheça Israel para que a paz possa ser alcançada." Eu não sabia o que responder, sequer tinha certeza se ele falara aquilo mesmo, estava longe dali. "De qualquer jeito para você é cedo demais", ele disse, e me soltou. Sem seu abraço eu não era ninguém, e fiquei parado, teso, sem reação. Ele dobrou o jornal novamente e encostou-se à escrivaninha. "Já vou", eu disse, por fim. Ele assentiu. Virei o corpo, mas continuei parado, não queria ir embora. Até que um garoto mais velho, do último ano, adentrou a sala-arquivo quase correndo. "Meus pais assinaram. Parto contigo." Davi esbugalhou um abraço forte, de frente, sexual, quase um beijo, de olhos fechados ainda por cima. Eu ainda não tinha forças para ir embora, mas fui. Davi ainda me gritou de longe. "Ano que vem eu volto." Eu virei o rosto novamente, tinha um sorriso enorme no rosto, mas Davi já estava afundado novamente no abraço-beijo com o novo soldado do exército israelense.

O OBJETIVO DO JOGO É RECUPERAR a princesa sequestrada pelo príncipe de um reino rival. Você, eu, sou um cavaleiro real chamado para resgatar a mocinha. A primeira fase é considerada fácil, introdutória. Você, eu preciso penetrar nas terras desse monstro-sequestrador e montar acampamento nos arredores do castelo inimigo. Não lutamos, luto sozinho. Temos, tenho um exército a nossa, minha volta lutando comigo, protegendo o nosso, meu flanco. Começamos, começo com três vidas. Para iniciar o jogo apertamos, aperto start, com o X usamos, eu uso a espada se for ataque de perto, arco e flecha se for distante. O △ serve para defesa, saltar ou usar o escudo, dependendo da ocasião, e é o videogame que decide de qual ocasião se trata. Com o cursor, com a mão esquerda, controla-se, eu controlo a movimentação do avatar, para frente, que no caso é direita, para trás, esquerda, ou abaixar. O cursor para cima não tem função, pois para saltar usa-se, eu uso o △. O cursor da direita controla o que estamos vendo, movimentos de cabeça e de tronco sem sair do lugar.

Start: inicio o jogo. A primeira fase é tranquila, apertamos, aperto o X e △, movo o cursor da esquerda para a direita, frente, sem pensar, automatizado. Passamos, passo sem perder nenhuma vida. A segunda fase é mais complicada. Antes de dar start é preciso orientar o exército. Sempre optamos, eu sempre opto por um ataque pelos flancos. Faço a primeira investida pela direita, minoria, mas aguentamos, aguento a posição infiltrada até que o reforço chega pela esquerda, de surpresa, e dizima a defesa inimiga por trás. Li sobre essa estratégia num site de games online. Depois que passei a utilizá-la nunca mais perdi nenhuma vida. A próxima fase é complicadinha: você, eu preciso penetrar de vez nas muralhas do castelo, defender de um mortífero ataque de arco e flecha vindo das torres laterais. Para esta fase precisamos, eu preciso primeiro montar minha catapulta de fogo. É ela quem vai ficar atirando flechas envenenadas para que as defesas das torres caiam. Nossos soldados, meus soldados precisam correr e escalar os muros neste intervalo, muitos morrem, mas faz parte, desde que meu avatar fique na retaguarda e não seja atingido por nenhuma flecha de fogo. É preciso, eu preciso ficar atento para coordenar tudo e não esquecer de apertar △ para o escudo me proteger na hora: DROGA. Morri. Flechada na cabeça. Mais duas vidas. Não. Quit game. Tenho que zerar esse jogo sem perder nenhuma vida.

Start: inicio o jogo. A primeira fase é tranquila, apertamos, aperto X e △, movo o cursor da esquerda para a direita, frente, sem pensar, automatizado. DROGA. Morri de novo. Quit game.

Start: inicio o jogo. A primeira fase é tranquila, apertamos, aperto X e △, movo o cursor da esquerda para a direita, frente, sem pensar, automatizado. Passo sem perder nenhuma vida. A segunda fase é mais complicada. Antes de dar start é preciso orientar o exército. Sempre optamos, eu sempre opto por um ataque pelos flancos. Faço a primeira investida pela direita, minoria, mas aguentamos, aguento a posição infiltrada até que o reforço chega pela esquerda, de surpresa, e DROGA. Quit game.

Start: inicio o jogo. A primeira fase é tranquila, aperto X e △, movo o cursor da esquerda para a direita, frente, sem pensar, DROGA. Quit game.

"Atrapalho?", minha mãe que entra no quarto. Eu pauso o jogo, ainda na primeira fase, dois quit game depois. Ela passa a mão no meu cabelo, me despenteia, eu ajeito o cabelo novamente, os fios, procuro o espelho para confirmar. "De luz apagada não vai enxergar nada", ela diz. Acende a luz. "Pronto, apaga de novo", eu digo, e volto a sentar na cama. Ela se aproxima, mas dessa vez não toca no meu cabelo. A luz ainda acesa. "Jogar de luz apagada não faz bem aos olhos, Patrick", ela diz. "Mas dá azar", respondo, levanto, ultrapasso-a, venço o exército inimigo pelos flancos, ataque surpresa, e apago a luz.

"Como foi a escola?" A mesma pergunta todos os dias. Mãe, a escola foi uma merda, não falei com ninguém, ninguém falou comigo. Estar jogando videogame e perdendo toda hora é o melhor momento da droga do meu dia. "Normal", respondo. Ela aceita a resposta, sempre aceita. Eu quase atropelo a resposta da próxima pergunta, automatizado, um ataque de espada, que seria o X dela, deve ser respondido com um △ meu. "Foi no inglês?" "Fui." Nesse caso seria escudo ou salto? Escudo, talvez. Salto seria a resposta alternativa. Hoje não teve inglês. A professora avisou que ia faltar. Mentiras. Nesse semestre ainda não fui a nenhuma aula de inglês. Passo as tardes sozinho, todas as tardes sozinho, quero ver quem vai me fazer ir ao inglês por livre e espontânea vontade.

Em seguida: o jantar. "Bom, vou preparar o jantar. Tá com fome?" Eu sempre tô com fome, mãe. Você já viu esse corpo? Não cheguei a ele à toa. "Muita." Dessa vez decido não mentir. "Então, além do jantar vou preparar um pudim de sobremesa também." Sorrio. Minha mãe sorri de volta. Talvez esse tenha sido o melhor momento do seu dia. E com isso vai para a cozinha preparar o jantar, a sobremesa, engordar. Minha mãe pesa mais do que eu. Talvez tenha sido por isso que meu pai a deixou, nos deixou. Se for por isso, talvez eu devesse ter raiva da minha mãe, dos seus mimos, das suas sobremesas. Talvez sem pudim na sobremesa, sem bolo nas sobremesas, sem sorvete napolitano nas sobremesas, meu pai ainda estaria em casa, minha mãe não teria começado a trabalhar, as tardes sozinho seriam tardes com ela, o jantar a três em silêncio e não esse silêncio de jantar a dois. Quando jantávamos em silêncio os três, o problema não era meu, mas deles. Agora sou parte do problema, o silêncio também é minha culpa.

Tenho que zerar esse jogo sem perder nenhuma vida, tenho que apertar X, X, X, △, X, △, △, X. Despauso o jogo, meus olhos ardem, talvez fosse melhor acender a luz. Morro de novo. "DROGA." Dessa vez meu grito em voz alta atrai minha mãe. Quit game. Ela chega. Acende a luz. Meus olhos vermelhos. Pego minha mochila, ensaio uma naturalidade que não tenho, abro o zíper do bolso grande, tiro o caderno, abro, lá está. Entrego para a minha mãe o bilhete da diretora, o que diz que ela deve ir ao colégio no dia seguinte, às nove.

"O que é isso?", ela pergunta. Nesse ato, minha mãe. Antes de abrir e ler o bilhete, quer saber da minha boca o que é. Ou será que procura minha mentira para se defender, △, escudo. Eu sou seu botão △. "Bobagem. Tirei quatro numa prova." Ela sorri. Minha mãe sorri, de novo, gosta da minha sinceridade. Lê o bilhete da diretora marcando a reunião para a manhã seguinte com tranquilidade, apenas um quatro numa prova. Poderia ser muito pior. Ela nem ousa pensar em quão pior poderia ser agora que não tem meu pai para não fazer nada para defendê-la, nem um mísero △.

Somos judeus, eu estudava em colégio religioso, mas Israel em nossa casa sempre foi uma abstração. "Mãe, a senhora já esteve em Israel?", sabia a resposta, e achei a pergunta idiota quando saiu da minha boca, mas precisava começar de algum ponto. "Não, Marquinhos. Nunca saí do Brasil." Estávamos à mesa, eu comendo depois de chegar do colégio, ela supervisionando meu jantar. Mamãe só jantava em ocasiões especiais. Em geral um sanduíche com café ou chá a satisfazia. "Por quê?" "Você tem curiosidade de saber como é viver em Israel?", perguntei. Ela abriu a boca para responder, tomou ar, mas percebeu que não tinha o que dizer. Então continuei. "Um soldado do exército israelense esteve na escola nessa semana." Esperei pelo peso que aquela frase teria nela. Não teve. Mamãe olhava meu prato, quase no final, ansiosa para retirá-lo da mesa. "Ele nos falou sobre fazer a aliyah." Isso a despertou, mas não dei tempo para apartes, e continuei. "A senhora sabe; ele disse que o dever de todos os judeus é garantir que Israel exista, e para isso talvez tenhamos que lutar, fisicamente, pelo território." Fiz questão de mudar a entonação quando disse fisicamente, provocá-la. A expressão do rosto dela mudou. Um silêncio raivoso. Como eu, seu filho mais novo, tão querido e mimado, ousava falar em sacrifício. O que eu entendia de sacrifício, e por que um sacrifício em outro país, longe dela? Mas ela não falou nada, só retirou o prato, ainda com comida, arrancando da minha mão garfo e faca, desarmando-me. Sumiu pela cozinha. Eu continuei sentado. Sabia que ela retornaria. Voltou, mas passou direto pela mesa em direção ao seu quarto. Ouvi um barulho de quem levanta objetos, procura alguma coisa. Resolvi que iria atrás dela para continuar a conversa, mas ela me interceptou no meio do caminho, jornal em punho, bradando: "Olha aqui, olha aqui. Vão assinar o tratado de paz com a ALP. Eles estão indo muito bem sem você." E me abraçou, o jornal fedendo sob o meu nariz. O cheiro ruim me lembrou de Davi, de seu aroma doce, e dele, sucessivamente, para o abraço-beijo com o garoto mais velho. "Quando fizer 18 anos eu vou, mãe, seja para lutar ou para trabalhar." Ela me apertou ainda mais, com força, o jornal caiu no chão, olhei para baixo e li outra manchete que falava sobre homossexuais espancados em Copacabana.

"Quero conversar contigo", ela diz. "Desliga o videogame, Patrick." Quit game. Já é outro dia, o mesmo dia. "Oi, filho." Mas não, dessa vez realmente outro dia, meu pai de volta ao meu quarto pela primeira vez em seis meses. "Oi." Nada de efusividade ou abraço. "Chamei seu pai aqui hoje, Patrick, para conversarmos os três." Não esboço reação. Ela continua. "Falei com a diretora hoje cedo." O videogame acaba de resetar e a musiquinha do jogo reinicia. "Desliga, por favor, filho." Meu pai. Quit game. "Não foi por causa da nota quatro que ela me chamou. Você sabe disso." Não reajo. Ela, sim, mas não fala, olha para o meu pai, implora para que a próxima frase seja dele. Seis meses sem ele para falar as próximas frases podem ter me levado até aqui, aquilo que a diretora contou. "Filho, eu e sua mãe estamos aqui contigo, para tudo." Eu e sua mãe, penso, não nós. A musiquinha recomeça. Minha mãe grita. Aperto quit game novamente. "Patrick, o que está acontecendo com você?" Minha mãe. Já chora. Meu pai tira os óculos. Limpa as lentes na camisa de botões. A camisa está bastante amassada. Mamãe jamais deixou papai sair de casa com a camisa tão amassada. Parece tirada direto da corda para o corpo, nos ombros dois montinhos, os pregadores que esgarçaram o tecido. "Patrick!" Ela grita de novo. Olho para os dois. Separados por um par de metros. A musiquinha recomeça. Minha mãe senta na cama, mãos nos olhos, soluça. Meu pai caminha em direção ao videogame. Antecipo-me, olhar desafiador. Start. Ele me abraça. Espero que ele fale alguma coisa. Não fala. "Eu quero muito zerar esse jogo", digo. "O que aconteceu com a prova?", minha mãe pergunta-grita. Descontrolada. Aperta X e △ ao mesmo tempo, sem pensar, o avatar dela não sabe a que comando responder. Meu pai não fala nada, empurra minha cabeça contra seu ombro, ainda mais alto que eu, mais gordo do que eu. A camisa do meu pai fede, ele fede. A musiquinha recomeça. Fujo do abraço e aperto start. Minha mãe grita. "Desliga essa porra, Nicolas. Faz alguma coisa." Meu pai não desliga. Pede para que eu desligue. Ele nunca mexeu num videogame, nunca brincou comigo. Meu pai nem sabe usar direito o computador. No consultório, os pacientes ainda catalogados por fichas, as receitas rabiscadas em sua letra de médico, os exames feitos com máquinas simples, ótica básica que se aprende na escola. "O que aconteceu na prova?" Ela de novo. "Por que repetiu a mesma questão seis vezes seguidas?" "Eu queria muito acertar aquela questão." "Mas você acertou a questão, filho." Meu pai, outro tom. Olho para ele. Penso no que falar para ele. Não sei o que falar para ele. A musiquinha recomeça. Minha mãe sai correndo do quarto, chorando. Meu pai olha para mim. Se conseguisse, faria um ar de reprovação. Não consegue. Acho que sente culpa. Acaba se decidindo por sair também. A musiquinha prossegue até o final, e recomeça. Start. Apago a luz do interruptor, encosto a porta. Sento no chão, controle do PS3 no colo. Paciência. A musiquinha recomeça.

Start: inicio o jogo. A primeira fase é tranquila, aperto X e △, movo o cursor da esquerda para a direita, frente, sem pensar, automatizado.

AMANHÃ, NÃO

MÔNICA E MARLENE

PARA ONDE VAI AQUILO que sentimos e perdemos? A porta bateu bem de leve, quase sem fazer barulho. Mas escutei. As pessoas se transformam, nós nos transformamos, mas mesmo assim me sinto presa a um sentimento que nem sequer tenho mais. Saí chorando do quarto de Patrick, meu filho passando por coisas que não entendo, por minha, nossa culpa, Nicolas, e seu silêncio que sempre me incomodou é agora apenas raiva latejando. Você não nos ajuda, nem com esse pedido de socorro desesperado que seu filho nos faz você acorda desse seu mutismo fechado, da mediocridade que transpira em roupas amassadas e óculos ensebados. Saio chorando do quarto e quase sinto você entrando atrás de mim para me confortar, para tentar me confortar pelo menos, um esforço. Quase vinte anos de memórias do nosso relacionamento, uma hora eu sempre explodia em lágrimas e fugas e você vinha atrás, às vezes demorava alguns minutos, noutras chegava à porta do quarto e saía sem falar nada, mas sempre vinha, e agora há pouco, quando gritei para acordar nosso filho da apatia repetitiva que ele encena, ou sente, sei lá, não entendo, quando gritei e bati a porta, chorando, quando deitei de bruços, rosto enfurnado no travesseiro, fazia aquilo com a certeza de que você viria, a memória do meu corpo, dos meus atos, pedia que você viesse. Mas. A porta batida de leve, a porta da rua, você nos deixando em quartos separados, seu filho e eu, os dois destroçados, carentes, você bateu a porta tentando não fazer barulho, escapole de mim e de seu filho sem nada falar, ajudar. Foge, covardia mal dissimulada por uma porta que bate sem fazer barulho. Levanto o rosto do travesseiro, desviro meu corpo na cama, pesado, flácido, derrotado, meus olhos vermelhos, meu rosto corado de lágrimas e raiva, decepção, impotência, e sei que não está mais nessa casa, que entre nós restaram apenas o silêncio, a distância e as memórias.

TEVE UM MOMENTO que achei que tudo daria certo. Eu era feliz e tinha opções. Será felicidade justamente isso: não estar presa a um destino, ter controle e poder sobre seu futuro? Lembro que cheguei em casa, já passava das oito, louca para contar as novidades, o estágio que viraria emprego, efetivada, salário dobrado e, ao mesmo tempo, um segundo convite, de uma empresa menor, mas que daria mais responsabilidade e até um salário melhor.

Nicolas não estava em casa, as luzes do nosso quarto e sala apagadas, silêncio. Entrei no apartamento com um sorriso espontâneo no rosto, pronta para derramar felicidade. Mas ele não voltou naquela noite, plantão, recado colado na porta da geladeira que, arredio, despencou para o chão, sumiu. Enquanto esperava meu sorriso cedia, não sem luta, eu brigava para manter aquele sorriso-felicidade congelado, aguardando o momento em que meu marido chegaria em casa e eu pudesse contar as novidades e ser feliz junto dele; naquela época eu acreditava que um casal só poderia ser feliz junto, dividindo felicidade e olhos brilhantes. O poeta já dizia: é impossível ser feliz sozinho. Mas a demora dele era espera, distração, a vida perfeita desabando pelo menor dos motivos, nada para jantar em casa, a cama ainda desfeita, sua vez de arrumá-la, a louça da noite anterior não lavada, minha vez, e tudo (nada) aquilo fazia minha felicidade fugir.

Quando lembro daquela noite a minha memória preferida é do momento em que coloquei a chave na porta e esperei que tudo poderia dar certo.

Mas será que realmente era feliz? É justo olhar para o passado e reavaliar nossos momentos, felizes ou tristes, à luz do que sabemos hoje? O estágio não virou emprego, não sei muito bem por que escolhi a oferta da empresa menor, mas meses depois: demitida. Faz sentido que eu lembre um momento que julguei ser de felicidade se dali nada se aproveitou? Não espero mais Nicolas, perdi o emprego. Se soubesse o que sei agora, jamais teria sido feliz por estar naquela situação. Ou estou sendo injusta?

Na vida temos poucas oportunidades de acertar ou errar. Outro dia li num livro de autoajuda que a água do rio não passa duas vezes pelo mesmo lugar, jamais. Achei aquela sentença uma iluminação, e sublinhei de canetinha colorida. Na maioria do tempo somos conduzidos pela correnteza de nossa rotina, à revelia, sem escolha ou margem para nos ajudar a frear. Por vezes nos aparece uma bifurcação lá longe e temos tempo de ajeitar o corpo para o lado que desejamos seguir. Não que saibamos o caminho certo, a bifurcação é apenas isso, escolha, palpite, já que de longe, ou de perto, o caminho não se revela antes de ser percorrido. Escolhi Nicolas, escolhi o emprego na empresa menor, escolhi ter Patrick quando já era tarde demais. Sim, escolhi.

Outra chave na fechadura, outra notícia para dividir. Desta vez Nicolas estava em casa. Entrei, fechei a porta sem fazer muito barulho, o som da TV baixo, monocórdio. Nicolas lia o jornal. Segunda-feira de manhã e meu marido em casa. A rotina dele agora era aquela. A falta de ambição. Os plantões substituídos pelo expediente vespertino, atendimento em consultório particular aceitando todos os planos de saúde, ganha-se pouco, exige-se menos. Um entra e sai de mesmices e receitas médicas garranchadas em papel timbrado. Ele nem olhou quando entrei. Eu, sim. Mas não para aquele que lia o jornal. Eu olhava para um Nicolas anterior. Será justo reavaliar momentos cruciais de uma vida, minha vida, já sabendo o que sei agora, podendo entender o que sentia então e o que restaria daquilo 14 anos depois?

A notícia: minhas desconfianças secretas procediam, estava grávida. Enquanto olhava para ele lendo jornal no sofá pensava em apenas duas coisas: 1) contar a novidade; 2) tirar. Uma hipótese a princípio parecia excluir a outra, mas na minha cabeça elas andavam juntas, coirmãs. Nicolas fechou o jornal, dobrou calmamente o caderno que segurava, levantou do sofá e então me viu. Acho que disse "Oi", como poderia, pode ter falado qualquer coisa, porque passou direto por mim e se trancou no banheiro, de onde só saiu 15 minutos depois, tempo suficiente para eu decidir sozinha o que, idealmente, compartilharia com ele. Eu poderia ter ido atrás de Nicolas; não fui. Poderia ter esperado para depois contar as novidades; não contei. Abri a porta da geladeira e peguei uma água gelada. Bebi em pé em frente à pia, lavei o copo, sequei e coloquei de volta no armário. De volta à sala sentei exatamente no lugar onde ele estava. O tecido ainda quente, a memória do corpo do meu marido marcando a carne do sofá. A TV ligada. Apanhei o jornal no chão e abri um caderno a esmo. Experimentava ser Nicolas, agir como Nicolas. Mas ainda era eu, com uma questão a decidir. Eu tinha duas opções, uma decisão a tomar. Contar a novidade ou tirar. O que escolhesse decidiria meu futuro. Decidi não decidindo. Sentei em cima da questão por mais um mês. Tarde demais para tirar, tempo suficiente para Nicolas me perceber grávida. Ele perguntou uma noite quando íamos deitar, eu trocando a roupa do dia pela camisola da noite, a barriga arredondando a olhos vistos, mesmo os de Nicolas, oftalmologista vespertino. Respondi que sim, e deitei. Ele me abraçou. De lado. Fechei os olhos. Era bom, estava bom, a felicidade de novo se esgueirando num momento em que eu já não a esperava. Quando ia sorrir e virar o rosto para ele, Nicolas tirou seu braço do meu corpo e girou para outro lado, não mais abraço, não mais carinho, adeus rede de proteção. Tive vontade de perguntar o que tinha acontecido, naquela época ainda realizava minhas vontades, e perguntei. Ele virou novamente, mas não sorria. "Acho que não estou preparado para ser pai", ele disse. A frase latejando na minha cabeça, os olhos dele nos meus, mas sem desafio, ocos, quisera eu medrosos, mas nem isso. A próxima frase teria de ser minha, ele já dissera tudo com aquele tom. "Tarde demais", eu disse. E virei. Dessa vez fui eu quem fugiu. Meus olhos pesavam lágrimas, fechei-os e elas escorreram, abri-os novamente, a parede branca nublada. Nicolas não falou mais nada, nem poderia depois da frase. Mas me abraçou. E eu prendi naquele abraço outra felicidade pequena, minúscula.

Não posso dizer que ele não se esforçou; estaria mentindo. Desde o nascimento de Patrick, Nicolas tentou ser o pai perfeito. Ou mesmo antes. Mas sempre fracassou. "Vamos decidir o nome", sugeri, seis meses de gravidez, já sabíamos que seria menino. Queria que ele se interessasse mais pelo filho, mesmo antes de o filho nascer, e dei liberdade. "Você pode sugerir." Ele concordou, mas disse que não tinha nenhuma ideia. Eu respondi que não tinha pressa, o que o acalmou. Passados dois dias perguntei calmamente durante o café da manhã. Ele disse que precisava de mais tempo. Eu via sinceridade em seus olhos, impotência. Percebi que ele estava tentando, queria me surpreender com um nome definitivo e aprovado. Eu disse novamente que não tinha pressa. Mentia. Queria o nome, precisar chamar meu bebê de alguma coisa que não "filhinho, neném". No quinto dia ele parou na minha frente, entre meus olhos e um filme do Supercine, e ensejou falar, a boca já aberta. Eu esperava para escutar o nome do meu filho sair da boca do meu marido, ganhar um rosto e personalidade antes do nascimento. Silêncio. Quando percebi que ele não havia conseguido, comecei a ter pena dele, de sua frustração constante, e nada pior do que ter pena do seu próprio marido, e que ele perceba que você tem pena dele. Mas eu tinha raiva, raivinha, e queria um nome. Fui má e verbalizei: "Afinal, você ao menos pensou num nome?" Enquanto falava sabia que deveria me arrepender de fazer aquilo ao meu marido, encurralá-lo, humilhá-lo, mas não sentia isso, sentia poder, o peso da balança arqueando para o meu lado, e meu marido pequeno, pequenino, sendo arremessado para longe, indefeso. Então alguém na televisão berrou "Patrick, cuidado!". Nicolas sussurrou: "Patrick." E quem seria eu para tirar do meu marido aquilo? "Eu gosto", respondi. Ele sorriu, aliviado. Eu ainda não ousara falar em voz alta o nome escolhido, verbalizar Patrick seria fazer nascer meu filho antes de dar à luz. Ele me abraçou, protocolarmente, eu diria envergonhado, Patrick uma presença física entre nós dois, deixando nosso abraço murcho, longínquo. Ele disse que iria ligar para a mãe para avisar que o nome estava escolhido, eu assenti, mas saí da sala, não queria presenciar a ligação. Tinha certeza de que minha sogra jamais aprovaria um nome como aquele, eu mesmo ainda não sabia se aprovava o nome, mas eu era a mãe, o voto decisivo no nome da criança, não ela. Saí da sala andando devagar, Nicolas me olhando, entendia por que eu saía. Naquela época o telefone tinha fio, e só tínhamos linha na sala. Ele esperou eu sair para começar a discar. Deitei na cama, porta do quarto encostada, dois travesseiros na cabeça, um nas costas, desconforto mesmo assim, gases. Ou Patrick? Falei o nome dele em voz alta pela primeira vez: "Foi você, Patrick?" O nome saiu natural, sem peso, com rosto e personalidade. Certamente não a que Patrick tem agora, trancado no quarto aqui ao lado com seu videogame em looping infinito.

No meu caso a separação não foi por falta de amor. Falta pressupõe um resto que míngua, e, entre nós, o amor já tinha acabado há mais de uma década, tanto tempo que, por vezes, eu me questionava se em algum momento havia existido. Existiu. Mas não mais há muito tempo até que, não por falta, mas por amor, resolvi pedir o divórcio: eu pedi, não Nicolas, talvez por ele ainda estivéssemos encenando um casamento bege.

Não foi de repente que tomei a decisão. Ela veio a conta-gotas, em livros de autoajuda – neles descobri a expressão casamento bege –, novelas, filmes românticos e todas essas coisas que hoje em dia virou consenso chamar de bobas. Quando percebi que o amor idealizado era tão distante daquilo que meu casamento refletia, parei para pensar. Mas foi quando parei de pensar em amor com outro e passei a olhar mais para mim, no que os anos, e também o casamento, me tornara, que descobri que sofria da falta de outro tipo de amor, próprio, e foi aí que decidi tomar uma atitude. Tinha 43 anos, nem tão nova, mas certamente ainda não necessariamente velha, e minha vida parecia terminada. Um casamento fracassado, um filho único em crise de adolescência, sem emprego, 20 quilos acima do meu peso ideal, nenhuma perspectiva no horizonte. Eu poderia desistir, mas naquelas condições desistir exigiria mais força do que lutar. Quando realizei a minha situação tive pena de mim mesma, e foi então que estiquei o braço e gritei minha alforria – outra noção que aprendi nos livros de autoajuda. Nicolas, a comodidade pegajosa daqueles domingos assistindo a filmes dublados na TV à noite e dormindo separado na mesma cama, precisaria sair de cena. Foi preciso que me planejasse, não sou impulsiva. Primeiro arranjei um emprego, gerente de loja, muito distante do que um dia sonhei, mas ainda assim um avanço depois de 13 anos em casa. Depois de dois meses de salário e a certeza de que aquilo era pouco, mas suficiente, pedi o divórcio. Nicolas aceitou, aliviado. O que me surpreendeu. Não que esperasse que ele resolvesse subitamente brigar pelo nosso casamento, mas aquela resignação até mesmo no fim fez crescer minha raiva pelos anos que perdi com ele, perdemos juntos. Ele se mudou uma semana depois, a pensão de Patrick e a divisão dos gastos com o menino combinadas sem necessidade de advogado.

DEPOIS DE TANTOS MESES, olhar para o meu pai vivo-morto, o que é muito diferente de um morto-vivo, perdeu qualquer efeito sobre mim. Acostumei-me à presença do meu pai calado, entubado, em coma, sem poder discordar de nada, sem reclamar da comida do hospital e das escaras no quadril após tanto tempo deitado na mesma posição. É como se fosse uma passagem natural, o sonho de muita gente. Ao invés de morte súbita – em acidente, suicídio, ataque cardíaco –, uma morte em conta-gotas, um falecimento que vem com as lágrimas já secas.

O cadáver do meu pai está no quarto há meses, sem cheirar, sem enojar ou chocar. Digno de piedade, pena, dor, mas um sentimento que vai minguando, minguando, chega um momento, agora, que morrer não soa negativo, que ele não faz mais falta nesse mundo. Mantê-lo assim parece um ato de egoísmo da minha parte, da nossa parte, raça humana com medicina evoluída.

E é.

"Ele não vai mais resistir", me avisaram desde o começo, "Ele não vai mais voltar do estado vegetativo", reforçaram, e cada expressão apenas um sinônimo para "Deixe-o morrer, dona Marlene".

Não deixo, não deixei.

Não posso. A religião não permite, o Livro, escrito há milhares de anos, proíbe – e o que importa se naquela época a medicina não oferecesse mil possibilidades teoricamente indolores de permitir essa passagem? Simplesmente não posso: pela religião e por mim.

O que faria se meu pai morresse, como é a vida lá fora sem o ar-condicionado do hospital quando se está com calor e o lençol lavado e passado entregue às 17 horas para a acompanhante da noite – sempre eu – se cobrir nas noites mais geladas?

O que faria com marido morto, pai e mãe mortos, filhos em outra cidade, neto que mal conheço e não me conhece? Longe do aconchego do hospital, das facilidades, como montaria minha nova rotina?

Não sei.

O mostrador de batimentos cardíacos é aquele de cima, o primeiro, em azul. Está em linha reta há cinco minutos. Meu pai morreu, acho. Ele não se mexe mais. O seu tórax não sobe ou desce, suas veias não pulsam nervosas na têmpora, a testa parece mais lisa, relaxada, e na boca não há o menor sinal de esgar de dor.

A qualquer momento uma enfermeira pode entrar aqui e perceber. Mas pode demorar também. O som do aparelho que monitora as funções dele está desligado, os próprios médicos fazem isso, cansados dos apitos de interferências.

A qualquer momento alguém vai entrar neste quarto e a balbúrdia começará. Chamem o médico, o médico, ele morreu, o velho finalmente morreu, cochicharão as enfermeiras da noite, as mais chatas, quando virem o quarto vazio no próximo turno, ou já ocupado por outro paciente e sua acompanhante. Terei de ligar para o Nicolas. Já está combinado que ele é quem contatará o Chevra Kadisha, que marcará o horário do enterro, o transporte do corpo.

Essa é uma morte premeditada.

Ele pegará o avião correndo, quem sabe com Patrick. Marquinhos eu sei que não virá, mas mesmo assim precisarei avisar.

A qualquer momento a enfermeira vai entrar para falar alguma coisa, anotar um número sem significado no prontuário, ou a menina que me traz o café, e mesmo essa perceberá a linha azul reta, definitiva, em repouso, e olhará para o meu pai, que não se mexe, claramente morto, os braços pele e osso, as pernas que não dobram, e me interrogará com os olhos amedrontados, me perguntará sem ousar falar palavras: Morreu? Ele morreu? E eu terei de levantar da cadeira fingindo um espanto que não tenho, e mandarei chamar o médico para falar em voz alta o que não ouso pronunciar. Que ele morreu, seu pai morreu, papai morreu, seu avô morreu, filho.

Levanto da cadeira – meu pai deitado na cama, faltam minutos, segundos para ele ser decretado morto. Evito olhar para ele, quero guardar outras imagens na memória. Abaixo-me e discretamente desconecto da tomada o aparelho de monitoramento, levemente, para parecer apenas um mau contato.

AMANHÃ, NINGUÉM

MÔNICA, PATRICK e MARLENE

Não sei quanto tempo fiquei deitada, se cheguei a dormir ou cochilar. O rosto ainda inchado, mas as lágrimas, secas. Levantei da cama, a luz do dia substituída pela escuridão da noite. De pé, em frente ao espelho que se esconde por trás da porta, meu corpo era apenas um contorno, sugestão. Melhor assim. O apartamento em silêncio. Vou ao banheiro jogar água no rosto, me condiciono a não acender a luz, outro espelho pela frente. De lá, apenas uma coisa a fazer: a porta do quarto de Patrick fechada. Lá dentro também silêncio, ao menos a música em looping parou, mas uma réstia de luz espraia-se debaixo da porta, cintilante, a TV ligada.

Bato na porta uma vez e entro sem esperar resposta. A verdade é que não sei o que fazer, o que busco ali, mas Patrick é meu filho, e precisa da minha ajuda, mesmo que eu não saiba o que fazer por ele, ou se sozinha poderei fazer alguma coisa. O quarto está escuro, exceto pela TV, ainda o videogame ligado, a imagem de um cavaleiro morto, com uma lança atravessada em seu coração, pausada na tela, sem som, um silêncio respeitoso. A cama está desarrumada, Patrick no chão, vejo-o por trás. Por um microssegundo me assusto, mas basta um passo para perceber que ele apenas dorme. Pronto, penso, e agora, o que fazer? Se não sabia como reagir se ele estivesse acordado, dormindo então...

Decido sair do quarto sem fazer barulho, mas tropeço nas rodinhas da cadeira, Patrick acorda. "Mãe", ele diz, já sentando, com as costas apoiadas na cama. "Desculpa, Patrick, não queria te acordar." Faço menção de sair do quarto, agora que meu filho acordou quero sair do quarto o mais rápido possível, evitar o confronto. "Fica", ele diz. A voz é um fiapo, fina, desproporcional, ele um adolescente grande e corpulento, a voz a da criança que um dia, nem tão no passado assim, ele foi. Ele se levanta, leva o controle para a estante onde está o videogame, enseja desligar a TV, mas fica olhando a imagem refletida bem de perto. Eu me interponho entre ele e o aparelho e desligo, estamos agora numa escuridão quase total. A luz da lua e da cidade que entra pela janela apenas evita o breu absoluto. "Obrigado", ele diz, e dá dois passos até a cama, senta-se. Faço o mesmo trajeto, mas novamente tropeço em alguma coisa e quase caio, a cama impede, o corpo de Patrick. Estamos sentados colados. "Não consigo passar dessa fase sem perder vida", ele diz. A frase não faz sentido para mim. Tento mirar bem nos olhos dele, mas não encontro brilho algum. De repente o brilho, os olhos de Patrick, antes fechados, agora abertos. Ele espera em silêncio que eu fale alguma coisa, seu rosto virado em direção ao meu. "Não entendi, filho." Ele vira o rosto em direção à TV, estica o queixo apontando. Agora acho que compreendo e, boba, falo: "Você vai conseguir, meu filho." Coloco minha mão no seu ombro, já numa altura mais alta que o meu. Depois percebo a besteira daquela conversa quando muito mais está em jogo. Explodo novamente: "O que está acontecendo com você, meu filho?" Ele se afasta, deita na cama, rosto enfurnado no travesseiro. Dei um passo em falso, percebo, tento remediar. Coloco a mão em sua perna e faço carinho. As pernas dele são peludas, desde quando as pernas de Patrick já são peludas, mais peludas do que as do pai? "Vamos sair dessa juntos", digo. Ele não se mexe. Eu continuo. "Você pode contar comigo." Nenhuma reação. "E com seu pai também." Silêncio. "Ainda somos uma família."

Como todas as manhãs, o despertador toca às seis e meia. Não é minha hora, mas levanto para acordar Patrick. Talvez ele já esteja peludo demais para esse teatro de mãe e filhinho, mas sigo encenando. A noite anterior terminou em silêncio, da parte dele; nos meus ouvidos minha própria frase "Ainda somos uma família" ecoa mesmo depois de uma noite de sono.

Abro a porta do quarto dele, sem bater. A TV ligada novamente, o videogame congelado na mesma cena, quase a mesma cena, dessa vez o cavaleiro está degolado. Patrick repete seu papel, dorme no chão, o controle ao lado do corpo. "Patrick, está na hora de acordar", digo. Ele me olha, assustado, não fala nada, levanta, passa por mim, pela porta, e se tranca no banheiro. Todo dia a mesma coisa, penso. Todos os passos dele ensaiados e repetidos à exaustão. Ele sai do banheiro, passa por mim novamente e leva o controle do chão para a estante, a TV ainda ligada. Eu saio do quarto em direção à cozinha, preciso preparar o café. Escuto novamente a porta do banheiro bater.

Coloco água para ferver, corto duas fatias de pão em cima da bancada, abro a geladeira, tiro o leite, derramo num copo grande e coloco três colheres de Nescau, depois preparo quatro fatias finas de queijo sobre o pão e levo até a torradeira. Abro o armário em cima da pia, retiro o filtro de café e o pó, três colheres de sopa cheias. Também eu tenho uma rotina meticulosa de movimentos, penso, percebo. A próxima ação é abrir a porta da cozinha e pegar o jornal. Não leio o jornal pela manhã, isto ainda um resquício dos anos com Nicolas. Ele gostava de acordar e já ter o jornal sobre a mesa da sala.

Um susto.

Nicolas está parado em frente à porta.

Esse Nicolas que está em minha frente é tão diferente daquele que conheci. O rosto mais redondo, gordo, a barba por fazer, duas linhas laterais de calvície penetrando fundo a cabeça, quatro linhas de expressão rasurando a testa. E o mais significativo: meu Nicolas nunca chorava, e por nunca eu digo o tempo em que estamos juntos, estivemos juntos, quase vinte anos. Esse tem agora o rosto vermelho, os olhos pesados, indefeso.

Pede para entrar. Ainda é a casa dele, o apartamento em que moramos juntos por anos, mas pede licença para entrar. Eu saio da frente, ele segue para a sala. Minha vontade é correr atrás e abraçá-lo, acarinhar esse menino-marido-ex-marido que entra em casa chorando, mas lembro de como ele saiu ontem sem falar ou fazer nada, como ele me deixou chorando no quarto, sozinha, o filho no quarto, sozinho, e desisto do abraço. Abaixo-me e pego o jornal, automática, coloco sobre a mesa da sala. Nicolas está em pé, parece pedir licença também para sentar no sofá que compramos há cinco anos e que já está bem surrado, as almofadas puídas nas pontas. Percebo que ele não tem mais lágrimas nos olhos, limpou-as quando entrou, esconde seus sentimentos, voltou ao normal. Espero que ele fale alguma coisa: por que está ali naquela hora, por que está chorando, veio ver Patrick ou me ver? Pausa. Até que ele fala.

"Meu avô faleceu."

Sei que ele gostava do avô, mas não tanto assim, para chorar. O velho internado no hospital há dois meses, coma, sua morte destino selado.

"Sinto muito", digo, na falta de algo mais útil para consolá-lo. Recuso-me a dar o abraço esperado. "Vou ao Rio para o enterro", ele diz. "Quero que Patrick vá comigo." Ele mal conhece o bisavô, penso, mas não digo. Ele vai perder aula, penso, mas não digo. "Ele está tomando banho." "Acho que meu avô ia gostar que o bisneto fosse ao seu enterro." Concordo com um movimento breve de cabeça, mas não falo nada. O que penso: talvez seja bom Patrick passar um dia inteiro com o pai, mesmo numa viagem para um enterro.

A porta do banheiro abre. Patrick para no corredor, já vestido para o colégio, cabelos molhados. Assusta-se ao ver o pai. Deve pensar que está ali para vê-lo, para continuarmos a conversa que não tivemos na noite anterior.

Nicolas caminha até o filho, abraça-o. Novamente chora. Enfurna o rosto no ombro do filho, já quase mais alto do que ele. Patrick, de frente para mim, tem o corpo tenso, os braços abaixados não retribuem o abraço, os olhos esbugalhados. Procura em mim o sentido de tudo aquilo. "Filho, seu bisavô morreu", digo, já que Nicolas não consegue. Patrick tem o olhar perdido, distante, a frase não forma significado para ele. Pelo menos eu suponho. Ou espero que seja isso, o olhar de Patrick, irreconhecível, precisa de uma explicação. Continuo. "Seu pai quer que você viaje ao Rio com ele para o enterro." Agora sim ele parece entender. Mas não abraça o pai.

Eles vão, eu fico. Só então realizo aquela morte que de início não me dizia nada. Seu Natan faleceu. Depois de um tempo nossas memórias não parecem mais um passado vivido, apenas o tal do filme que lembramos de longe, plano americano. Eu quase posso me ver, nos olhos dele, seu Natan, da porta. Uma menina gói convidada para a mesa de Yom Kipur. Mas pensando assim, dando interpretações para seu primeiro olhar, já erro; pensando bem ele não me julgou, nem no primeiro momento. A câmera de fato deveria estar apontada para o outro lado, as interpretações da época e sobre a memória, também. Ele entrou no apartamento vestido com um terno preto, curto demais, as mangas da camisa branca ganhando centímetros para fora do negrume do paletó, fugindo daquele calor. Usava um quipá. Eu nunca tinha visto uma pessoa usar um quipá. Ele tinha um sorriso triste, mas olhos lindíssimos. Veio em nossa direção, Nicolas e eu sentados no sofá da sala, dona Marlene, sua filha, minha sogra, em silêncio numa poltrona na diagonal. Tirou o quipá sem cerimônia e colocou no bolso, amassando o pano que eu pensava sagrado. Olhando nos meus olhos, ou pelo menos assim eu lembro, esticou a mão e me cumprimentou com um "Muito prazer. Natan". A voz era áspera e o movimento da boca esquisito, só depois soube do derrame. Mas veja que já me contradigo e interfiro na minha lembrança.

A voz era de fato áspera, mas não notei nenhuma imperfeição na boca, devia estar olhando para Nicolas, ou dona Marlene, ou para o chão.

No jantar ele fez uma breve reza, em iídiche, o que me desconcertou. Sabia que aquela era uma data religiosa, soubera minutos antes que ele estivera na sinagoga, e jejuara, mas a reza em uma língua que não entendia me expulsava dali, me dizia, sem precisar de palavras conhecidas, que eu não pertencia àquela família. Ele percebeu meu embaraço e traduziu o que tinha falado em reza, depois me explicou a história do jejum, e confessou, com a mão em concha e tom mais baixo, até mesmo galhofeiro, que nem sempre jejuava, e que naquele dia mesmo tinha tapeado a fome com um biscoitinho doce comprado no armazém em frente à sinagoga. "Eu não posso ficar muito tempo sem comer. Minha gastrite não deixa", ele disse, apontando para a barriga, bem-humorado.

Depois do jantar ele pediu licença e se retirou. Cerimonioso. Alternava momentos de leveza e sisudez com pose de lorde e movimentos lentos, austeros. Ou pelo menos assim eu o enxergava, ou enxerguei naquele primeiro contato e a impressão perdurou esses anos todos. Quase vinte. Nicolas gostava do avô, mas não o usava para preencher a lacuna do pai que sequer conheci, anterior, uma outra vida de Nicolas. Toda vez que dona Marlene lembrava uma história de Nicolas criança, ou adolescente, ou mesmo jovem, antes de eu o conhecer, o Nicolas descrito era bem diferente daquele com quem convivi, que amei; do que estava na minha porta chorando, então, sem comparação. Outra pessoa. E pensando nisso quase perdoo Nicolas por tudo (nada) que me fez, mas depois tenho mais raiva. O que fazemos com aquilo que sentimos e perdemos? Como chegamos até aqui, penso, como uma pessoa chega a ser quem ela é? Abandonar-se.

Nicolas me apresentou Mônica num jantar de Yom Kipur. Antes de conhecê-la, eu já não gostava dela, mas não admitia. "Mônica de quê?", perguntei para ele ao telefone. "Alves." "Só Alves?" "Da Silva Alves." "Quando poderei conhecê-la?", perguntei, fingindo não ter sentido o baque. "Tenho folga em Yom Kipur. Podemos passar o feriado no Rio." Mas ainda falta um mês, pensei em dizer. Não disse. Já previa a resposta. É quando posso, mãe.

Vieram os dois; Marquinhos, não. Tinha feito a aliyah. Foi o primeiro Yom Kipur sem ele. De muitos. Seriam então apenas eu, papai, Nicolas e Mônica. Dois dias antes comecei a cozinhar. Não abri mão de nenhuma comida judaica. Guefiltefish, varenikes, beigele, bolo de mel. A mesa farta para depois do jejum. Na verdade só papai jejuava. Eu perdera esse costume com Afonso. Ia à sinagoga na véspera, à noite, mas depois jantava normalmente. Papai, não: seguia o Livro – ainda que apenas nas datas religiosas.

Nicolas chegou pela manhã. Tocou a campainha. Tinha a chave no bolso, mas preferiu tocar. Imaginava-se intruso na própria casa da mãe? Atendi à porta com um sorriso nos lábios, beijei e abracei meu filho. Não lembro a primeira impressão que tive de Mônica, nem a segunda ou a terceira. Mônica era uma pessoa inexpressiva, uma beleza média, uma inteligência média, gestos contidos. Se a ideia de

Nicolas era arranjar uma mulher para se esconder atrás dela, fracassou.

Papai ainda não morava comigo. "Já tomaram café? Comprei o iogurte que você gosta, Nicolas." Mas eles recusaram o café, ele com veemência, ela se desculpando, já tinha tomado antes de pegar o avião.

Apontei o quarto de hóspedes para ela: "Você dorme aqui. O sofá abre, vira cama. Mais tarde forramos com lençol, tem toalha em cima da cadeira para quando quiser tomar banho." "Ela dorme comigo, mãe", Nicolas quase gritou, um timbre de encerrar assunto. Deixaram as malas no quarto e em cinco minutos já estavam de saída. Vamos à praia, vamos aproveitar o dia, vamos dar uma volta, vamos almoçar fora.

E eu de novo sozinha, a casa novamente silenciosa.

Voltaram às cinco. "O jantar será servido às sete", avisei. "Seu avô está de jejum." Nenhum dos dois falou nada.

Sentamos à mesa às sete em ponto. Papai, que chegara minutos antes da sinagoga, disse que queria fazer uma reza. Nicolas olhou para o meu rosto com raiva, como se a culpa daquele gesto fosse meu, uma afronta para a namorada gói. Rezamos. Papai começou a explicar para Mônica o que significava aquela festa, o Dia do Perdão. Ela fingia se interessar, ou interessava-se mesmo, não sei. Nicolas começou a se servir, eu também, fiz o prato do papai primeiro, depois me ofereci para fazer o dela, queria que provasse tudo. Mas ela disse que não precisava.

Não lembro sobre o que conversamos naquele dia, exceto que comentamos que Marquinhos ainda não ligara, e dada a hora, o fuso de seis horas para frente, não ligaria mais. Mônica comeu pouquíssimo. Compensou na sobremesa. Três pedaços de bolo de mel.

Papai foi o primeiro a dar boa-noite, ainda na mesa, depois do chá. Disse que estava cansado do dia agitado, rezas e jejum. Nicolas levantou-se e abraçou o avô. Eu também me levantei, mas para tirar a mesa. Nicolas ajudou, Mônica também. Ela se ofereceu para lavar a louça, prestativa. Eu disse que não precisava, no dia seguinte lavaria. Era dia de festa. Quando voltei à sala eles já estavam na porta. "Vamos deixar o vovô em casa e depois vamos sair, mãe. Não devemos voltar tarde, mas não precisa nos esperar."

E eu de novo sozinha, a casa novamente silenciosa.

Para mim, gostar de Seu Natan foi natural, até porque ele era um porto seguro numa casa em que fui empurrada para fora logo ao entrar. Naquela noite, depois do jantar, o levamos em casa, três quarteirões adiante, e depois seguimos para o mirante do Leblon, e lembrando disso sinto outra felicidade mínima mas que perdura. Fui feliz, penso, e sorrio. A orla do Rio vista de cima era imperiosa, as luzes dos apartamentos e postes iluminando a arrebentação, o traçado angulado da areia e a maré avançando e recuando, a escuridão barulhenta do mar atacando as pedras, nossos beijos intensos pedindo mais privacidade. Nicolas: "Sei de um lugar." Lembro da frase, da entonação, e dos ciúmes que senti. Ele sabia de um lugar, mas a frase já revelava que eu não seria a primeira pessoa com ele naquele lugar, e talvez nem o mirante significasse para ele o que foi para mim. Nicolas tinha um passado no Rio, uma família, e eu era a intrusa.

Já no carro, decidi falar. "Não quero ir nesse lugar." Ele me beijou, sedutor, e relembrando é estranho pensar que esse Nicolas que acaba de sair de casa com Patrick conseguia ser sedutor, extremamente, e disse que eu ia gostar, que acreditasse nele. Mas eu. "Quero fazer na sua casa, na sua cama", sorri, e provavelmente eu também conseguisse ser sedutora, profundamente, o que talvez me espante ainda mais, porque Nicolas ligou o carro e fomos, entramos no apartamento nos beijando e rindo, felizes, e fizemos na cama de solteiro dele. Dormimos abraçados, colados, dois corpos que ocupam o mesmo lugar, o latifúndio de uma cama de solteiro quando se está apaixonado.

Quando o para sempre é verdade e não provisório.

Acordamos tarde, a mesa do café posta na sala para nós dois, café, leite, frios, pães, frutas, e o bolo de mel da noite anterior. Dona Marlene veio da cozinha com um copo de Nescau quente na mão, disse um "bom-dia" como quem insinua "isso são horas de levantar", e começou a servir Nicolas. Colocou o Nescau na sua frente, cortou uma bisnaga ao meio, recheou com queijo e presunto – Presunto pode?, pensei – e ficou de pé, ao lado dele, inspecionando. Para mim não ofereceu nada ou dirigiu outra palavra. Nicolas nem sequer percebeu a falta de educação, e começou a comer, mordidas vigorosas no sanduíche, um gole de Nescau, e olhando para ele senti certo nojinho. Ou não. A lembrança é que traz o nojo. Não lembro se comi, mas devo ter comido. Depois pedimos licença e retornamos para o quarto, acho que eu quis fazer de novo, mas não tomei atitude, e não fizemos. Ou será que é a vontade que sinto agora, lembrando, que altera a memória?

Saímos sem trocar outras palavras. Só quando meu pai acenou para um táxi, e este parou, ele disse, "Vamos de táxi, ok?", no que eu acenei positivamente e entrei primeiro. Meu pai por um segundo vacilou entre o banco de trás, onde eu estava, e o da frente. Acabou sentando ao meu lado, mas deixou um respeitoso metro entre nós. Para o taxista, disse que íamos para Congonhas; para mim, nada. O trajeto demorou quase uma hora, talvez mais do que o voo, e entre nós, além do metro, o silêncio de geração e um pai separado que não sabe o que falar para o filho. Até o taxista percebeu a tensão daquele silêncio e não falou nada. Eu deveria pensar no meu bisavô, sua morte é que nos fazia estar naquele táxi, e depois pegar um avião para outra cidade, e de lá para um cemitério, mas não consegui, ainda não consigo. Por alguns minutos pensei apenas em imaginar o que meu pai estava pensando. No avô, provavelmente, ou no pai, também morto, que sequer conheci, ou talvez na briga com minha mãe, ou em mim. Esperei que em algum momento ele abrisse a boca para falar sobre a prova, ou sobre o videogame. Não queria conversar sobre isso. Olhei pela janela, a cidade passava sem pressa, trânsito. Não costumava andar por aquela região, a Santo Amaro um desfile de oficinas e pontos de ônibus. O tempo feio, talvez chovesse, e viajar de avião com chuva definitivamente me dá medo. Pensei em falar isso para o meu pai, e olhei para ele. Ao mesmo tempo ele também me olhou; um, dois segundos apenas, depois apertamos △ e olhamos cada um para seu lado da janela. Meu pai não chorava mais.

O carro finalmente parou no terminal de embarque do aeroporto. Eu levava uma mochila nas costas, duas mudas de roupa e meu PSP; meu pai só ia com a roupa que estava vestindo, a mesma camisa com montinhos nos ombros da noite anterior. Quando saímos meu pai falou alguma coisa, pareceu um engasgo com sílabas indefinidas, toda sua força reunida naquela frase depois de uma hora de silêncio. Ele esperou minha reação, mas a verdade é que não ouvi o que ele disse, eu já três metros adiante, entrando no terminal, e ele falando para dentro de si.

Tenho pena do meu pai.

Ele esperou minha reação, e pelo que percebi não era essa careta contida de pena a resposta pretendida. Apoiou a mão em meus ombros e me guiou para dentro do terminal. Menos barulho, mas ainda barulho, de outro tipo. Ele falou novamente, mas sobre outra coisa. "Ainda precisamos comprar as passagens." Eu concordei, ainda sem palavras. Meu pai olhou para os dois lados, perdido, acuado, sem conseguir se decidir, X e △ ao mesmo tempo, pensei. Eu movi o cursor da esquerda para a direita, andei até um balcão e pedi informações.

"É para lá", disse para ele. "O moço falou que provavelmente conseguiremos passagem para o próximo voo." Meu pai sorriu, orgulhoso. Talvez na minha atitude ele tenha encontrado a resposta para a frase que falou e não ouvi.

Tenho pena do meu pai.

Mas também tenho raiva, uma raivinha suja, e jogo às claras: "Não ouvi o que falou quando saímos do táxi." Meu pai já andava a minha frente para o local indicado, mas parou novamente, desarmado, perdido, acuado. Ele se virou, e no seu rosto...

Tenho pena do meu pai.

Não deveria, mas tenho. E ele, depois de alguns segundos, a coragem novamente reunida. "Eu disse que a culpa pela separação não é sua, Patrick."

Eu tentei não esboçar reação e saí andando mais rápido em direção ao local indicado.

Depois do café voltamos para o quarto. Trocamos de roupa, biquíni e sunga, o dia estava lindo, lembro, e fomos à praia. Eu estava feliz, Nicolas também, não notara que a mãe me tratara mal, ou notou e fez que essa briga não era dele. Eu senti o baque, mas a felicidade de um casal apaixonado supera qualquer coisa.

"Está pronta?", perguntou. Eu disse que sim, no que ele, enquanto eu continuava parada no canto do quarto, falou: "Então vamos." "Espera", eu disse. Ou não foi bem assim, a memória reorganiza momentos com diálogos que não aconteceram, preenchendo lacunas de silêncios com frases, ou silêncios onde houve frases. Um lapso temporal, mas então só recordo que estávamos na cama, nus, sem coberta, porta trancada, minha cabeça apoiada no peito de Nicolas. Não lembro se foi mesmo na manhã seguinte ou na noite anterior. Não importa. Foi quando falamos pela primeira vez sobre ter um filho, não Patrick, que só viria anos depois, mas abstratamente.

"Abstratamente falando, se a gente...", e Nicolas riu, alto, antes de a frase terminada. Parei nas reticências. "Não ri", e ele: "Abstratamente?", e riu novamente, ainda mais alto. "Para, seu bobo. Deixa eu falar, é importante." Ele continuou rindo, depois parou, me olhou fingindo ser sério, e disse: "Data venia, meritíssima, abstratamente falando..."

Eu também ri, era engraçado, outro momento feliz, penso, simbiótico, e se Nicolas, o Nicolas daquela época, soubesse que me lembro daquilo adjetivando um momento como simbiótico, gargalharia.

Voltamos ao abraço, aconchego. "Sem abstratamente dessa vez", disse, e olhei para ele esperando o sorriso. Nicolas se controlou. "Mas falando sério", e ele sorriu, fiz menção de ficar com raivinha e ele recolheu o sorriso. "Se a gente tiver um filho, como vai ser?" "Vai ser um menino lindo", ele disse, "se for parecido com você."

Será que Nicolas disse mesmo isso ou reelaboro a memória? Acho que disse isso mesmo, ou algo similar. O que importa é que não entendeu a pergunta, a questão envolvida, e precisei continuar. "Não sou judia", disse. "Pelo que sei nosso filho, ou filha..." "Filho", ele disse, interrompendo. "Ou filha", continuei, "não será judeu sem ser nascido em ventre judeu." "Tecnicamente não", ele disse, e sorriu, quase me pedindo permissão para a piada. "Tecnicamente não", eu disse, e esbocei um breve sorriso. "Isso não é uma questão para você, para a sua mãe? O menino terá que religião? As duas? Nenhuma? Fará primeira comunhão, bar mitzvah?" "Bat mitzvah." "Não é bar mitzvah?" "Se for menino. Bat mitzvah se for menina", sorriu, e continuou: "Mesmo abstratamente, acho que é cedo demais para conversarmos sobre isso."

E ENTÃO NUNCA CONVERSAMOS. Fato que Nicolas pouco ou nada adotava da religião judaica, e mesmo a família, com o tempo percebi, não passava muito da encenação em feriados religiosos, com direito a presunto em qualquer dia da semana, até depois do Yom Kipur. Marquinhos em Israel, paradoxalmente (Nicolas do passado gargalha ao fundo), só aumentou essa distância. Ele nunca nos convidou para visitá-lo – e por nós digo não só eu e Nicolas, mas a mãe, o avô, o sobrinho – e só voltou duas vezes, em rápidas visitas. Quando veio pela primeira vez, um ano depois do nosso casamento, ausência que Nicolas e, principalmente, dona Marlene jamais perdoaram, disse que seguia o judaísmo, mas não era religioso. Eu, curiosa, quis saber como era morar num país em que a religião era tão importante sem segui-la fielmente. Ele deu de ombros. Durante os três dias que passou lá em casa, Marquinhos deu de ombros mais do que contou sobre Israel, sobre sua vida, os anos de exército e a vida que começava a construir depois de servir. Na sexta-feira pela manhã perguntei se ele ia querer respeitar o shabat, compraria o que fosse preciso no supermercado, mas ele disse que não era necessário alterarmos nossa rotina por ele. Nicolas tinha tirado dias de folga para ter tempo para o irmão, e disse que poderíamos fazer um jantar seguindo as tradições, acender as velas, que ligaria para a mãe para um roteiro fiel, religioso e gastronômico. Marquinhos disse que a mãe fazia tudo errado, ou não errado, ele se corrigiu depois, mas desvirtuado. "Podemos fazer do jeito certo, então", Nicolas disse. "Você orienta a Mônica." "Não precisa", ele disse, e naquela noite só voltou depois das três, o irmão mais velho preocupado esperando na sala de luz e velas apagadas, eu cochilando no sofá.

Quando chegou, cheirava a álcool. Passou por Nicolas sem cumprimentar o irmão, que também não disse palavra. Entrou no banheiro e de lá só saiu meia hora depois, banho tomado, e voltou para a sala. Nós já estávamos no quarto, fingindo dormir. E nada foi falado na manhã seguinte.

Marquinhos não quis que o irmão fosse pegá-lo no aeroporto. Eu ainda não conhecia meu cunhado, ele em Israel desde antes de eu começar a namorar Nicolas. Pouco se falava dele em nossa casa, ou mesmo quando dona Marlene falava do filho ausente, não passavam de interjeições de saudade sem detalhes ou exageros. Por isso, quando soube que Marquinhos voltaria ao Brasil pela primeira vez em sete anos, o serviço militar concluído há quase quatro, idealizei meu cunhado com ombros largos e olhos negros penetrantes. As fotos que eu vira, de Marquinhos ainda na escola, mostravam outra coisa, um menino mirradinho, que nunca olhava para a câmera, sempre alheio, ou com o rosto desviado em pensamentos. Nicolas também pouco falava do irmão, sobre o irmão, e a notícia de que Marquinhos decidira vir a São Paulo, depois de apenas três dias no Rio, me causou certa estranheza.

"O que compro para ele?", perguntei a Nicolas, e com isso queria saber de comida – principalmente o que não comprar. Ele vivia em Israel, afinal, "Que programas podemos fazer com ele?", um reservista do exército israelense. Nicolas disse que eu não precisava me preocupar, ele mesmo não estava preocupado, era apenas o irmão mais novo que chegava para alguns dias de visita.

"Marcos está aqui embaixo", disse o porteiro ao interfone, no que respondi um automático "Pode subir", mas o fato é que queria perguntar logo como ele era, a figura mítica do irmão que abandona o lar para o martírio da guerra. Mítico, a palavra-expressão pairava imperiosa entre mim e ele, a porta fechada entre nós, o espaço-tempo de ele vencer o hall de elevadores, apertar o botão e ser ejetado dentro do nosso apartamento. Nicolas ainda não chegara do consultório, Patrick na creche. Mas Marcos era apenas Marquinhos, sempre seria, mirrado, ainda, apesar de a magreza esconder uns músculos aqui e ali no braço e torso. O cabelo cortado curto, mas não à moda do exército, pelo contrário, um gel espetando um topete. Era um tantinho assim maior que eu, mas os olhos não firmavam nos meus, olhava adiante, para trás e por entre os meus. "Olá, você só pode ser a Mônica", ele disse, e na textura da voz um balanço estranho, que não esperava. Eu sorri, mas não me mexi. "Eu sou o Marquinhos", ele disse, óbvio, como era óbvia, também, a minha surpresa. "Entra", eu disse. E ele entrou. "Você deve estar cansado", eu disse, ou foi ele que disse: "Estou cansado", e sugeri que tomasse um banho, ou ele pediu: "Posso tomar um banho?"

Nicolas chegou nesse meio-tempo, mas não perguntou do irmão ainda que soubesse que ele já teria chegado. "Já foi apanhar o Patrick?", ele disse, e fiz que não com a cabeça. "Já vou então. Está na hora, né?" Ele fez que sim. Peguei minha bolsa pendurada na cadeira da sala e fui. Na porta, falei para Nicolas que o irmão dele chegara, e estava no banho. "E o que achou dele?", perguntou. Ou não, imagino novamente, não perguntou, apenas assentiu, mas respondi mesmo assim, sem a pergunta. "Seu irmão é bem diferente do que eu imaginava."

Quando Patrick terminou a alfabetização e precisamos mudá-lo da creche para um colégio, nem procurei Nicolas, o casamento mais uma encenação que qualquer outra coisa, uma encenação desvirtuada que mesmo assim ainda seria respeitada por anos. Pesquisei colégios com os pais do prédio e da escolinha de Patrick e decidi por um católico, não longe de casa, mensalidade um pouco alta, mas pagável, boa aprovação no vestibular, e comuniquei a Nicolas. Ele não contestou. Nicolas, que tinha estudado em colégio judaico a vida toda, feito bar mitzvah, e tinha um irmão morando em Israel, não contestou. Mas também não contou para a mãe, descobri mais tarde, anos depois, num Natal, o último que dona Marlene veio.

Ela chegou no dia 24, cedo. "Você pode dormir no quarto do Patrick", disse, e dona Marlene aceitou, sem perguntar onde o menino dormiria. Abri o armário e mostrei uma estante e parte dos cabides vazia, ela poderia tirar as roupas da mala e colocá-las lá. E assim ela fez, até que chamou Nicolas com voz rude. Ele foi. Eu também, mas parei no corredor. "Que história é essa de colégio Santo não sei das quantas?", ela perguntou. Nicolas calou, e ela continuou, imagino que balançando o uniforme do neto encontrado no armário: "Você não falou que ele estudava em escola laica?" "Mamãe..." "Você me enganou por quanto tempo, Nicolas?

Não entendo." Então Nicolas colocou a culpa em mim, disse que quem cuidava da educação do filho era eu, e em vez de defender minha escolha, lavou as mãos. "Prefiro que meu neto estude em colégio judaico", no que ele disse, para minha surpresa: "Para quê?" "Como pra quê?", ela perguntou. "Mãe", ele disse, "não me vejo como judeu acima de outras coisas. Não reconheço na religião, qualquer religião, influência acima de outras na minha vida", e saiu do quarto, dando de cara comigo escondida no corredor. Não olhou nos meus olhos, tampouco, e seguiu adiante, para a sala, adiante, para o hall do elevador, adiante, escadas, e sumiu. Voltou à noitinha, horas antes do Natal, e evitou conversar com a mãe, comigo e com Patrick.

Dezoito anos depois, um ciclo. Lembro da mesma Kombi branca tomando o caminho que reencenamos hoje, diminuindo nos mesmos cruzamentos, sendo ultrapassado pelos mesmos carros, e nós repetindo o mesmo trajeto, eu e meu filho, ele dirigindo, calado, e eu segurando minhas lágrimas, com o olhar perdido na janela do banco do carona, como se não fosse permitido derramá-las.

Novamente Marquinhos não veio, dessa vez sequer precisou de uma desculpa, quilômetros longe, noutro continente. Avisei mesmo assim, e ele fez um silêncio demorado. Desliguei o telefone oferecendo um beijo, que ele devolveu, como sem pensar, com um "Para a senhora também, mãe". A palavra como um arrependimento, "mãe", como uma negação no final de uma frase.

O carro estacionou no cemitério, o sol derretendo maquiagens, formando ondas de calor no horizonte desse terreno cheio de mortos, desse descampado que guarda meu Afonso há 18 anos, a memória dele, os ossos já decompostos pelos vermes, parte da terra, comida de minhocas, adubo de plantas.

"Depois quero ver o túmulo do seu pai", digo para Nicolas. Ele não esboça reação. Não esboça reação. Depois olha para baixo, para o sapato, ajeita os óculos, o oftalmologista, nosso oftalmologista, o primeiro a usar óculos na família, ninguém nunca precisou. Afasto-me, ajeito meu vestido amarrotado. Depois desse dia nunca mais poderei usar esse vestido, penso; ele carregará a memória da morte do meu pai, a memória da morte do meu marido, por consequência, e a certeza de que a minha vez não tarda. Ainda não tão velha, mas sem pai e marido, carregando duas mortes no vestido, nas mãos duas despedidas que não pude fazer, meu marido e meu pai morreram sem poder dar e receber um último adeus. Melhor assim, penso, lembro do adeus a minha mãe, ela gritando silêncio e negação para mim.

Meu neto, filho de Nicolas, vem e me abraça, tímido. Meu neto que não parece com o pai, com o tio, com o avô nem com o bisavô. Meu neto gordinho que não tem a cara de ninguém da minha, nossa família. Vamos minguando, evaporando sob o sol do cemitério, sempre o mesmo cemitério, como a inevitabilidade do destino da família. Ele fala do bisavô, meu pai. Patrick mal conheceu meu pai, tem apenas duas ou três memórias, muito mais inventadas do que reais. Fala de um canivete para cortar a manga da camisa. Explico que só o rabino pode fazer isso. Temo ser pedante, afastá-lo ainda mais da religião que não pratica, da família com que tão pouco ou nenhum contato tem. Ele me abraça e não sinto nele alguém da família, ele me olha com seus olhos castanhos e não vejo nestes olhos alguém que reconheço – ele fala e alonga as vogais de um jeito que não gosto. Patrick me abraça novamente, mas parece ter consciência de que não nos conhecemos, nosso abraço não tem força, é quase um protocolo, mesmo assim sinto que o corpo dele é estranho para mim, sinto certa repulsa pelo meu neto, e sei que sente o mesmo por mim, pelo meu corpo e cheiro de velha, prematuramente velha, quase por escolha velha, pelo meu vestido amarrotado que carrega a lembrança da morte do seu avô, que nunca conheceu, e do bisavô.

"Mãe, o rabino está nos chamando para o baruch dayan emet."

Subimos: eu, meu filho e o menino.

Não haverá cerimônia, precisariam de dez homens judeus para carregar as alças do caixão. Não temos mais papai para arranjar os que faltam. Somos apenas nós três neste enterro.

A pergunta agora inevitável: E no meu, quantos serão?

"Pai, por que o caixão dos judeus é fechado?"

O carro tinha acabado de estacionar, os coveiros já desamarravam o caixão do meu bisavô da Kombi, concentrados, os gestos contidos, obedecendo algum código suprarreligioso de cemitérios. Desci correndo com a pergunta gritada entre os lábios. Nem dei tempo para ele responder e engatei: "Pai, esqueci o canivete do biso!" Ele me abraçou, forte, nem parecia o abraço do meu pai, mas não respondeu nada. Entendi que não queria falar no assunto, tinha os olhos marejados, olheiras pela noite maldormida. Ou aquele abraço, nosso primeiro abraço, em trégua, era o que o fazia chorar? Minha avó estava sentada num banco, o olhar perdido, o cabelo preso num coque digníssimo, os fios brancos, reluzentes, uma perfeita filha-viúva.

"Vai lá com a sua avó, Patrick. Dá um abraço nela."

Eu me aproximei. Lembrei que não a via há quase dois anos, a última vez um Natal, a festa do lado da família da minha mãe, desde antes do divórcio não a vira mais. Ela ofereceu seu abraço antes que eu chegasse, e cada passo era como se estivesse mais perto de um precipício, mas com o eco do silêncio lá longe me atraindo como um ímã, o abraço magnético daquela avó-mãe-do-meu-pai. Do seu corpo emanava o cheiro do hospital, de roupa velha, de pessoa velha.

"Vó, por que o caixão dos judeus é fechado?" Ela sorriu, assim como sorri para o motorista da Kombi, mas a resposta não ficou presa, enclausurada nos dentes, e saiu em forma de esgar tímido, palavras baixas, sopradas de sua boca. "Porque para nossos" – nossos!!! – "mortos é uma desonra ser visto morto." Eu não entendi, fiz cara de que não entendi para reforçar o estranhamento. Mas morrer não é evoluir, ir para um lugar melhor, mais perto de Deus? Todas as religiões da minha família se misturando.

Vó, mas o biso não vai para um lugar melhor?, pensei, mas não disse nada, tive vergonha.

E ela continuou. "Nós" – ela sabia, sabia que eu não tinha feito bar mitzvah, estudava em colégio católico, tinha nascido de ventre não judeu, será que mesmo assim eu ainda era nós? – "não acreditamos em vaidade depois da morte. Todos os caixões são iguais, simples, negros. Os corpos, o corpo do seu biso foi enrolado numa mortalha, tach'richim, apenas esse tecido, sem roupa por baixo. Não somos como os católicos que enterram com as melhores roupas, ternos, vestido, sandálias, joias." Ela sabia, sim, jamais esquecera que minha mãe não era judia, sublimara apenas, e depois do divórcio com certeza tornara pública sua insatisfação enjaulada. Eu percebia antes, durante e agora, mas não contestei.

"Vó, esqueci o canivete que o biso me deu." "Não podemos enterrar nada com ele", disse. "Não, vó, queria cortar a minha camisa em sinal de luto." "Mas Patrick" – em tom professoral – "só o rabino pode fazer o keria. E é com gilete. Depois ele diz o baruch dayan emet, 'bendito seja o verdadeiro

Juiz', e rasga o tecido oito centímetros." "Mas o biso me disse quando me deu o canivete" – minha avó interrompeu. – "O papai, seu biso, adorava pregar peças, inventar histórias. Ele só quis dar um significado para o presente."

E me abraçou, finalmente chorando, desarmada.

"A VIDA NÃO ACABA COM UMA MORTE, VÓ", Patrick me disse ao afrouxar o abraço. Não entendi o sentido do que me dizia, e esperei que continuasse. Mas ele não prosseguiu, e ficou olhando nos meus olhos, de perto; parecia mais inseguro do que antes, os olhos incertos, temerosos. "Você diz em termos religiosos, Patrick?", perguntei, a única explicação plausível. Então continuaremos a falar de judaísmo e catolicismo. "Não, vó." Patrick abriu sua mochila e retirou um joguinho eletrônico pouco maior que sua mão de quase adulto. "Olha só", disse, ao ligar o jogo, e sentou no banco ao meu lado. Uma musiquinha chata começou a tocar. Pensei: Patrick já está grande demais para esses joguinhos idiotas. Pensei: é um desrespeito com meu pai o bisneto ficar jogando videogame minutos antes de um enterro. Pensei: vou mandá-lo desligar. Mas ele: "O objetivo do jogo é recuperar a princesa sequestrada pelo príncipe de um reino rival. Você, eu, sou um cavaleiro real chamado para resgatar a mocinha. A primeira fase é considerada fácil, introdutória. Você, eu preciso penetrar nas terras desse monstro-sequestrador e montar acampamento nos arredores do castelo inimigo. Não lutamos, luto sozinho. Temos, tenho um exército a nossa, minha volta lutando comigo, protegendo o nosso, meu flanco. Começamos, começo com três vidas. Para iniciar o jogo apertamos, aperto start, com o X usamos, eu uso a espada se for ataque de perto, arco e flecha se for distante. O △ serve para defesa, saltar ou usar o escudo, dependendo da ocasião, e é o videogame que decide de qual ocasião se trata. Com o cursor, com a mão esquerda, controla-se, eu controlo a movimentação do avatar, para frente, que no caso é direita, para trás, esquerda, ou abaixar. A seta para cima não tem função, para saltar usa-se, eu uso o △."

"Patrick, acho que esse não é o momento." Ele me interrompeu. Ou eu que o interrompi, ou nem isso, ele continuou como se não tivesse me ouvido.

"Start: inicio o jogo. A primeira fase é tranquila, apertamos, aperto o X e △, movo o cursor da esquerda para a direita, frente, sem pensar, automatizado. Passamos, passo sem perder nenhuma vida. A segunda fase é mais complicada. Antes de dar start é preciso orientar o exército. Sempre optamos, eu sempre opto por um ataque pelos flancos. Faço a primeira investida pela direita, minoria, mas aguentamos, aguento a posição infiltrada até que o reforço chega pela esquerda, de surpresa, e dizima a defesa inimiga por trás. Li sobre essa estratégia num site de games online. Depois que passei a utilizá-la nunca mais perdi nenhuma vida."

Ao dizer isso, sorriu, e virou os olhos para mim por um microssegundo, para depois retornar ao jogo. Parei de olhar para o videogame e procurei Nicolas com os olhos, queria pedir socorro, perguntar sobre a atitude de Patrick. Aquilo não era normal. Nicolas estava longe, conversando com o rabino. Ele me ouviria se eu gritasse, mas não era para tanto, e também estaria faltando com o respeito ao meu pai.

Já bastava o bisneto ficar jogando videogame enquanto o corpo dele esperava pelo enterro.

Patrick retomou seu monólogo. "A próxima fase é complicadinha: você, eu preciso penetrar de vez nas muralhas do castelo, defender de um mortífero ataque de arco e flechas vindos das torres laterais. Para esta fase precisamos, eu preciso primeiro montar minha catapulta de fogo. É ela quem vai ficar atirando flechas envenenadas para que as defesas das torres caiam. Nossos soldados, meus soldados precisam correr e escalar os muros neste intervalo, muitos morrem, mas faz parte, desde que meu avatar fique na retaguarda e não seja atingido por nenhuma flecha de fogo. É preciso, eu preciso ficar atento para coordenar tudo e não esquecer de apertar △ para o escudo me proteger na hora."

"Patrick, eu vou lá falar com seu pai e o rabino."

"Não, vó, olha agora."

Olhei. No videogame, um boneco vestido de cavaleiro medieval se contorcia no chão com uma flecha atravessando seu coração. Patrick olhou para o meu rosto esperando reação. Uma poça de sangue alastrava-se pelo terreno, o boneco estrebuchou e morreu. Patrick apertou um botão e a imagem restou congelada na tela.

Eu não sabia o que dizer, o que depreender daquilo. "Morreu", eu disse, óbvia, terreno seguro. Mas ele: "Olha agora", e apertou outra tecla no videogame, e o cavaleiro morto apareceu vivo em outro local, armas em punho. Que besteira, pensei, mas Patrick sorria. "Viu? Viu?" Patrick tem

13 anos, pensei, velho demais para acreditar que videogame e vida têm paralelo.

"O boneco está vivo, Patrick. Mas seu biso faleceu."

Dei um tapinha em sua coxa e levantei em direção ao caixão.

"Mas o cavaleiro não é meu biso", ele disse. "É você."

Este livro foi impresso na Editora JPA Ltda.
Av. Brasil, 10.600 – Rio de Janeiro – RJ,
para a Editora Rocco Ltda.